Ein Weihnachtsbuch für Kinder – das sollten wohl auch weihnachtliche Geschichten und Gedichte sein: die Geschichte, zum Beispiel, vom Tannenbaum, der nicht schnell genug wachsen konnte; oder die Geschichte von den beiden Hirten, die dem Kind auch ein Eichhörnchen und eine Nachtigall schenken wollten; oder Verse, in denen es nichts als Marzipan schneit oder durch die die Engel fliegen oder ein goldner Schlitten fährt ... Doch nicht nur das sollte ein Weihnachtsbuch für Kinder enthalten, denn es gibt auch Geschichten und Gedichte, in denen es nicht nur vor lauter Kälte bitterkalt ist, in denen es nicht nur vor lauter Weihnachtsfreude oder Weihnachtsnot fröhlich oder betrüblich zugeht. Alle Geschichten und Gedichte sind gut, die sich lesen und vorlesen lassen, wenn »die Schneewind wehen und blasen durch den Tann«, wenn man Altes und Neues hören und entdecken will, sei's zum Lachen oder Weinen, zum Fürchten oder Erwärmen. Ein Buch für kleine Kinder, für größere und auch für die großen sollte es sein. Und es wäre gar nicht zum Wundern, wenn dies Buch das richtige wär – mit seinen Geschichten und Gedichten auch von Hans Christian Andersen und den Brüdern Grimm, von Robert Musil und Robert Walser, von Morgenstern, Heine und Brecht, von Ludwig Thoma und Selma Lagerlöf, von Peter Hacks und Peter Bichsel, aus Des Knaben Wunderhorn und aus dem Alten Liederhort.

insel taschenbuch 156

Das Weihnachtsbuch

für Kinder

Das Weihnachtsbuch für Kinder

Mit Geschichten und Gedichten

Ausgewählt von Elisabeth Borchers

Insel Verlag

Umschlagabbildung:
Raffael, Die Sixtinische Madonna. Ausschnitt
Staatliche Kunstsammlung, Dresden

insel taschenbuch 156
Erste Auflage 1975
Neu illustrierte Nachauflage 1998

Allen Autoren und Rechteinhabern dankt der Verlag
für die Druckgenehmigung
Quellenhinweise am Schluß des Bandes
Vertrieb durch den Suhrkamp Taschenbuch Verlag
Umschlag: Michael Hagemann
Druck: Clausen & Bosse, Leck
Printed in Germany

16 17 18 19 20 21 – 03 02 01 00 99 98

Das Weihnachtsbuch für Kinder

Und wenn die Schneewind wehen
Und blasen durch den Tann
Es kann uns wenig g'schehen:
Wir habens Dach gerichtet
Mit Moos und Stroh verdichtet.
Wohl denen, die ein Dach jetzt han
Wenn solche Schneewind wehen.

Brecht

Das Ende der Welt

Ein Kind, das weder Vater und Mutter, noch Bruder und Schwester hatte, niemandem angehörte und nirgends zu Hause war, kam auf den Einfall, fortzulaufen, bis es an das Ende der Welt käme. Mitzunehmen brauchte es nicht viel, einzupacken auch nicht, denn es besaß keinerlei Habseligkeiten. Wie es stand, ging es fort, die Sonne schien, aber das arme Kind achtete nicht auf den Sonnenschein. Fort und fort lief es, an vielen Erscheinungen vorbei, aber es achtete auf keine Erscheinungen. Fort und fort lief es, an vielen Leuten vorbei, aber es achtete auf keinen Menschen. Fort und fort lief es, bis es Nacht wurde, aber das Kind achtete nicht auf die Nacht. Es kümmerte sich um den Tag nicht, und um die Nacht nicht, um die Gegenstände nicht und um die Leute nicht, um die Sonne nicht und um den Mond nicht und ebensowenig um die Sterne. Weiter und weiter lief es, hatte nicht Angst und nicht Hunger, hatte immer nur den einen Einfall, die eine Idee, nämlich die Idee, das Ende der Welt zu suchen und so lange zu laufen, bis es dasselbe gefunden haben würde. Es würde es am Ende schon finden, dachte es. »Ganz hinten, ganz zu hinterst ist es«, dachte es. »Ganz zuletzt ist es«, dachte es. Hatte wohl das Kind mit seiner Meinung recht? Wartet nur ein wenig. War das Kind von Sinnen? Ei, so wartet doch nur ein wenig, es wird sich schon zeigen. Fort und fort lief das Kind, es dachte sich das Ende der Welt zuerst als eine hohe Mauer, dann als einen tiefen Abgrund, dann als eine schöne grüne Wiese, dann als einen See, dann als ein

Tuch mit Tüpfelchen, dann als einen dicken breiten Brei, dann als bloße reine Luft, dann als eine saubere Ebene, dann als Wonnemeer, worin es immerfort schaukeln könne, dann als einen bräunlichen Weg, dann als gar nichts oder als was es leider Gottes selber nicht recht wußte.

Fort und fort lief es. Unerreichbar schien das Ende der Welt zu sein. Sechzehn Jahre lang irrte das Kind herum, über Meere, Ebenen und Berge. Groß und stark war es inzwischen schon geworden, und immer noch hing es treu an dem Einfall, so lange zu laufen, bis es ans Ende der Welt käme, aber immer noch war es nicht ans Ende der Welt gekommen, schien vom Weltenende noch immer weit weg zu sein. »Ist das aber unabsehbar!« meinte es. Da fragte es einen Bauer, der am Weg stand, ob er wisse, wo das Ende der Welt liege. »Ende der Welt« hieß ein Bauernhaus in der Nähe, und daher sagte der Bauer: »Noch eine halbe Stunde weit liegt es.« Das ließ sich das Kind gesagt sein, dankte dem Manne für die gute Auskunft und ging weiter. Als ihm aber die halbe Stunde schier ewig lang wurde, fragte es einen Burschen, der des Weges daherkam, wie weit es noch bis zum Ende der Welt sei. »Noch zehn Minuten«, sagte der Bursche. Das Kind dankte ihm für die gute Auskunft und ging weiter. Fast am Ende seiner Kräfte war es angelangt, und nur noch mühsam bewegte es sich vorwärts.

Endlich erblickte es mitten in einer behaglichen fetten Wiese ein schönes großes Bauernhaus, eine wahre Pracht von einem Haus, so warm, ungezwungen und freundlich, so stolz, hübsch und ehrbar. Rund herum standen prächtige Obstbäume, Hühner spazierten ums Haus herum, ein leiser Wind wehte durch das Korn, der Garten war voll Gemüse, am Abhang stand ein Bienenhäuschen, das ordentlich nach Honig schmeckte, ein Stall voll Kühe war wohl auch vorhanden, und alle Bäume waren voll Kirschen, Birnen, Äpfel, und das Ganze sah so wohlhabend, fein und frei aus, daß das Kind sogleich dachte, das müsse das Ende der Welt sein. Groß war seine Freude. Im Hause wurde scheinbar gerade gekocht, denn ein zarter, artiger Rauch räuchelte und lächelte zum Kamin heraus, und stahl sich wie ein Schelm fort. Matt und bänglich vor Erschöpfung fragte das Kind: »Bin ich hier am Ende der Welt?« Die Bauersfrau sagte: »Ja, gutes Kind, das bist du.« »Ich danke Euch für die freundliche Auskunft«, sagte es und fiel vor Müdigkeit um; potz Blitz! aber es wurde rasch aufgehoben und von guter Menschenhand in ein Bett gelegt. Als es wieder zu sich kam, lag es zu seinem Erstaunen im allernettesten Bettchen und wohnte bei lieben guten Menschen. »Darf ich hier bleiben? Ich will tüchtig dienen«, fragte es. Die Leute sagten ihm: »Weshalb solltest du das nicht dürfen? Wir haben dich gerne. Bleib nur hier bei uns, und diene tüchtig. Wir können eine schaffige Magd wohl brauchen, und wenn du brav bist, so wollen wir dich halten wie unsere Tochter.« Das ließ sich das Kind nicht zweimal sagen. Es fing an fleißig zu werken und wacker zu dienen, und bald hatten es darum alle gern, und das Kind lief nun nicht mehr fort, denn es war wie zu Hause.

Robert Walser

Fünf Engele haben gsungen,
fünf Engele kommen gsprungen.
Das erste blästs Feuerle an,
das zweite stellts Pfännle dran,
das dritte schütts Teigle drein,
das vierte tut brav Zucker nein,
das fünft sagt, sist angericht,
jetzt, mein Büble, brenn dich nicht!

Legende vom Fußballplatz

Es war einmal ein armer kleiner Bub, der war kaum sieben Jahre alt, aber schon loderte in ihm eine Leidenschaft: er liebte den Fußball über alles.

Bei jedem Wettspiel mußt er dabei gewesen sein: ob Liberia gegen Haidhausen, ob Beludschistan gegen Neukölln – immer lag er hinter einem der Tore im Grase (meistens bereits lange vor Beginn) und verfolgte mit aufgerissenen runden Kinderaugen den mehr oder minder spannenden Kampf. Und wenn ein Spieler grob rempelte, ballten sich seine Händchen erregt zu Fäusten und mit gerunzelter Stirne fixierte er finster den Übeltäter. Doch wenn dann vielleicht gar gleich darauf des Schicksals Laune (quasi als Racheakt) ein Goal schoß, so tanzte er begeistert und suchte strahlend all den anderen, die um ihn herum applaudierten, ins Antlitz zu schauen.

Diese anderen, die neben ihm lagen, waren ja meistens schon um ein oder zwei Jahre älter, und andächtig horchte er, wenn sie sich in den ungeheuerlichsten hochdeutschen Fachausdrücken, die sie weiß Gott wo zusammengehört hatten, über die einzelnen Spieler und Clubs ergingen; ergriffen lauschte er trüben Weissagungen, bis ihn wieder ein wunderbar vollendet geköpfter Ball mit sich riß, daß sein Herz noch höher flog wie der Ball.

So saß er oft im nassen Grase.

Stundenlang.

Der Novemberwind schmiegte sich an seinen schmalen Rücken, als wollt er sich wärmen und hoch über dem Spielplatz zog die Fieberhexe ihre Raubvogelkreise.

Und als der Schlußpfiff verklungen war, da dämmerte es bereits; der kleine Bub lief noch einmal quer über das Feld und ging dann allein nach Hause. In den leeren Sonntagsstraßen war es ihm einigemale als hörte er Schritte hinter sich: als schliche ihm jemand nach, der spionieren wolle, wo er wohne. Doch er wagte nicht umzuschauen und beneidete den Schutzmann, der solch große Schritte machen konnte. Erst zu Hause, vor dem hohen grauen Gebäude, in dem seine Eltern den Gemüseladen hatten, sah er sich endlich um: ob es vielleicht der dicke Karl ist mit dem er die Schulbank teilt und der ihn nie in Ruhe läßt – aber es war nur ein dürres Blatt, das sich mühsam die Straße dahinschleppte und sich einen Winkel suchte zum Sterben.

Und am Abend in seinem Bette fror er trotz tiefroter Backen; und dann hustete er auch und es hob ihn vornüber, als haute ihm der dicke Karl mit der Faust in den Rücken.

Nur wie durch einen Schleier sah er seiner Mutter Antlitz, die am Bettrande saß und ihn besorgt betrachtete; und er hörte auch Schritte im Zimmer, langsame, hin und her: das war der Vater.

Der Nordwind hockte im Ofenrohr und zu seinem Gesumm fingen Regenbogen an einen Reigen um ihn zu tanzen. Er schloß die Augen. Da wurd es dunkel. Und still. Doch nach Mitternacht wich plötzlich der Schlaf und feine Fingerknöchelchen klopften von außen an die Fensterscheibe – und er hörte seinen Namen rufen – »Hansl!« rief eine sanfte Stimme – »Hansl!«

Da erhob sich der kleine Bub aus seinem Bette, trug einen Stuhl vor das Fenster, erkletterte ihn und öffnete –:

draußen war tiefe stille Nacht; keine Trambahn läutete mehr und auch die Gaslaterne an der Ecke war schlafen gegangen und – vor seinem Fenster im vierten Stock schwebte ein heller Engel; der ähnelte jenem, welcher Großvaters Gebetbuch als Spange umschloß, nur, daß er farbige Flügel hatte: der linke blau und gelb: das waren die Farben des Fußballvereins von Oberhaching; der rechte rosa und grün: das waren die Farben dessen von Unterhaching; seine schmalen Füße staken in purpurnen Fußballschuhen, an silberner Sternenschnur hing um seinen Schwanenhals eine goldene Schiedsrichterpfeife und in den durchsichtigen Händen wiegte sich ein matt-weißer Fußball.

»Schau –« sprach der Engel – »schau!« und köpfte den Ball kerzengerade in die Höhe; der flog, flog – bis er weit hinter der Milchstraße verschwand.

Dann reichte der Himmlische dem staunenden Hansl die Hand und lächelte: »Komm mit – zum Fußballwettspiel –« Und Hansl ging mit.

Wortlos war er auf das Fensterbrett gestiegen und da er des Engels Hand ergriffen, da war es ihm als hätte es nie einen dicken Karl gegeben. Alles war vergessen, versank unter ihm in ewigen Tiefen – und als die beiden an der Milchstraße vorbeischwebten fragte der kleine Bub: »Ist es noch weit?«

»Nein«, lächelte wieder der Engel, »bald sind wir dort.«

Und weil Engel nie lügen leuchtete bald durch die Finsternis eine weiße rechteckige Fläche, auf die sie zuflogen. Anfangs glaubte Hansl es wäre nur ein Blatt unliniertes Papier, doch kaum, daß er dies gedacht hatte, erfaßte sein Führer auch schon den Rand; nur noch ein Klimmzug – und es war erreicht!

Doch wie erstaunte da der kleine Bub!

Aus dem Blatt unliniertem Papier war eine große Wolke geworden, deren Oberfläche ein einziger herrlich angelegter Fußballplatz war; auf buntbewimpelten Tribünen saßen Zuschauer wie sie in solcher Zahl unser Kleiner noch bei keinem Wettspiel erlebt hatte. Und das ganze Publikum erhob sich zum Gruß und aller Augen waren voll Güte auf ihn gerichtet, ja selbst der Aufseher, der ihn doch sonst immer sofort hinter das Tor in das nasse Gras trieb, führte ihn unter fortwährenden Bücklingen auf seinen Platz: Tribüne (!) Erste Reihe (!!) Mitte (!!!)

»Wie still nur all die Leute sind!« meinte der kleine Bub.

»Sehr recht, mein Herr«, lispelte der Aufseher untertänig, »dies sind ja auch all die seligen Fußballwettspielzuschauer.«

Unten am Rasen losten die Parteien nun um die Sonne-im-Rücken-Seite und – »das sind die besten der seligen Fußballspieler«, hörte Hansl seinen Nachbar sagen; und als er ihn ansah nickte ihm dieser freundlich zu: da erkannte er in ihm jenen guten alten Herrn, der ihn einst (als Borneo gegen Alaska verlor) vor dem dicken Karl verteidigte; noch hielt er den Rohrstock in der Hand mit dem er dem Raufbold damals drohte. Wie der dann lief!

Unermeßliche Seligkeit erfüllte des armen kleinen Buben Herz. Das Spiel hatte begonnen um nimmermehr beendet zu werden und die Zweiundzwanzig spielten wie er noch nie spielen sah. Manchmal kam es zwar vor, daß der eine oder andere dem Balle einfach nachflog (es waren ja auch lauter Engel) doch da pfiff der Schiedsrichter (ein Erzengel) sogleich ab: wegen unfairer Kampfesweise.

Das Wetter war herrlich. Etwas Sonne und kein Wind. Ein richtiges Fußballwetter.

Seit dieser Zeit hat niemand mehr den armen kleinen Buben auf einem irdischen Fußballplatze gesehen.

Ödön von Horváth

Der eigensüchtige Riese

An jedem Nachmittag, wenn die Kinder aus der Schule kamen, gingen sie in den Garten des Riesen und spielten da.

Es war ein großer hübscher Garten mit weichem grünen Gras. Hier und da auf dem Rasen standen schöne Blumen wie Sterne, und da waren auch zwölf Pfirsichbäume, die im Frühling zartrosa und perlweiß blühten und im Herbst reiche Frucht trugen. Die Vögel saßen auf den Bäumen und sangen so süß, daß die Kinder immer wieder in ihren Spielen innehielten, um zu lauschen. »Wie glücklich wir hier doch sind!« riefen sie einander zu.

Eines Tages kam der Riese nach Haus. Er war auf Besuch bei seinem Freund, dem gehörnten Menschenfresser, gewesen und sieben Jahre bei ihm geblieben. Als die sieben Jahre um waren, war alles gesagt, was er ihm zu sagen hatte, denn sein Gesprächsstoff war sehr beschränkt, und so beschloß er, auf sein eigenes Schloß zurückzukehren. Als er nach Hause kam, sah er die Kinder in seinem Garten spielen. »Was tut ihr hier?« rief er sehr mürrisch, und die Kinder liefen weg. »Mein Garten, das ist mein Garten«, sagte der Riese, »das sieht jeder ein, und ich erlaube niemandem sonst, darin zu spielen, als mir selber.« Also baute er eine mächtige Mauer ringsum und stellte eine Warntafel auf:

UNBEFUGTES BETRETEN DIESES GRUNDSTÜCKS
IST BEI STRAFE VERBOTEN!

Es war ein sehr eigensüchtiger Riese.

Die armen Kinder hatten jetzt nichts mehr, wo sie spielen konnten. Sie versuchten's auf der Landstraße, aber die Landstraße war sehr staubig und steinig, und sie mochten sie nicht leiden. So gingen sie also, wenn die Schule aus war, um die große Mauer herum und sprachen von dem schönen Garten dahinter. »Wie glücklich waren wir da«, sagten sie zueinander. Dann kam der Frühling, und über der ganzen Gegend waren kleine Blüten und kleine Vögel. Bloß in dem Garten des eigensüchtigen Riesen blieb es Winter. Die Vögel machten sich nichts daraus, darin zu singen, weil keine Kinder da waren, und die Bäume vergaßen zu blühen. Einmal steckte eine schöne Blume ihr Köpfchen aus dem Gras hervor, aber als sie die Warntafel sah, war sie so betrübt um die Kinder, daß sie wieder in den Boden hineinschlüpfte und weiterschlief. Die einzigen Leute, die sich freuten, waren der Schnee und der Frost. »Der Frühling hat diesen Garten vergessen«, riefen sie, »so wollen wir hier das ganze Jahr hindurch leben.« Der Schnee deckte das Gras mit seinem großen weißen Mantel, und der Frost bemalte alle Bäume silberweiß. Dann luden sie den Nordwind ein, bei ihnen zu wohnen, und er kam. Er war in Pelze ganz eingehüllt und brüllte den ganzen Tag durch den Garten und blies die Schornsteine herunter. »Das ist ein ganz herrlicher Platz«, sagte er, »wir müssen den Hagel auf eine Visite bitten.« Und so kam der Hagel. Jeden Tag prasselte er drei Stunden lang auf das Schloßdach herunter, bis er fast alle Schieferplatten zerbrochen hatte, und dann lief er rund um den Garten, so schnell er nur konnte. Er war ganz grau angezogen, und sein Atem war wie Eis.

»Ich versteh nicht, warum der Frühling so spät kommt«, sagte der eigensüchtige Riese, als er am Fenster saß und auf seinen kalten weißen Garten hinuntersah. »Ich hoffe, das Wetter ändert sich bald.« Aber der Frühling kam nie und auch nicht der Sommer. Der Herbst gab jedem Garten goldene Früchte, aber dem Garten des Riesen gab er keine. »Er ist zu eigensüchtig«, sagte der Herbst. So war es da immer Winter, und der Nordwind und der Hagel und der Frost und der Schnee tanzten um die Bäume.

Eines Morgens lag der Riese wach im Bette, als er eine liebliche Musik vernahm. Es klang so süß an seine Ohren, daß er dachte, die Musikanten des Königs zögen vorüber. Aber es war bloß ein kleiner Hänfling, der vor seinem Fenster sang, nur hatte er so lange keinen Vogel mehr in seinem Garten singen hören, daß es ihm wie die schönste Musik der Welt vorkam. Da hörte der Hagel auf, über seinem Kopf zu tanzen, und der Nordwind zu blasen, und ein köstlicher Duft kam zu ihm durch den geöffneten Fensterflügel. »Ich glaube, der Frühling ist endlich gekommen«, sagte der Riese; und er sprang aus dem Bett und schaute hinaus.

Und was sah er?

Er sah was ganz Wunderbares. Durch ein kleines Loch in der Mauer waren die Kinder hereingekrochen und saßen in den Zweigen der Bäume. In jedem Baum, den er sehen konnte, saß ein kleines Kind. Und die Bäume waren so froh, die Kinder wieder bei sich zu haben, daß sie sich ganz mit Blüten bedeckt hatten und ihre Arme anmutig über den Köpfen der Kinder bewegten. Die Vögel flogen umher und zwitscherten vor Entzücken, und die Blumen guckten aus dem grünen Gras hervor und lachten. Es war entzückend anzusehen, und nur in einem Winkel war es noch Winter, und dort stand ein kleiner Junge. Er war so klein, daß er nicht an die Äste hinaufreichen konnte, und er lief immer um den Baum herum und weinte bitterlich. Der arme Baum war noch ganz bedeckt mit Frost und Schnee, und der Nordwind blies und heulte über ihm. »Klettere herauf, kleiner Junge«, sagte der Baum und senkte seine Äste so tief er konnte, aber der Junge war zu klein.

Da wurde des Riesen Herz weich, als er das sah. »Wie eigensüchtig ich doch war!« sagte er; »jetzt weiß ich, weshalb der Frühling nicht hierherkommen wollte. Ich will dem armen kleinen Jungen auf den Baumwipfel helfen, und dann will ich die Mauer umwerfen, und mein Garten soll für alle Zeit der Spielplatz der Kinder sein.« Er war wirklich sehr betrübt über das, was er getan hatte.

So schlich er hinunter und öffnete ganz leise das Tor und trat in den Garten. Aber als die Kinder ihn sahen, erschraken sie so, daß sie alle wegliefen, und im Garten wurde es wieder Winter. Bloß der kleine Junge lief nicht weg, denn seine Augen waren so voll Tränen, daß er den Riesen nicht kommen sah. Und der Riese kam leise hinter ihm heran, nahm ihn zärtlich auf seine Hand und setzte ihn hinauf in den Baum. Und sogleich fing der Baum zu blühen an, und die Vögel kamen und sangen in ihm, und der kleine Junge breitete seine Ärmchen aus, schlang sie um den Hals des Riesen und küßte ihn auf den Mund. Und wie die anderen Kinder sahen, daß der Riese nicht mehr böse war, kamen sie schnell zurückgelaufen, und mit ihnen kam auch der Frühling. »Der

Garten gehört jetzt euch, Kinderlein«, sagte der Riese, und er nahm eine große Axt und hieb die Mauer um. Und als die Leute um zwölf Uhr zum Markt gingen, sahen sie den Riesen mit den Kindern spielen, in dem schönsten Garten, den sie je geschaut hatten.

Den ganzen Tag spielten sie, und am Abend kamen sie zum Riesen und wünschten ihm eine gute Nacht.

»Aber wo ist denn euer kleiner Kamerad?« fragte er, »der Junge, dem ich auf den Baum geholfen habe?« Der Riese liebte ihn am meisten, weil der ihn geküßt hatte.

»Wir wissen's nicht«, antworteten die Kinder, »er ist fortgegangen.«

»Ihr müßt ihm sagen, er soll sicher morgen wiederkommen«, sagte der Riese. Aber die Kinder antworteten, sie wüßten nicht, wo er wohne, und sie hätten ihn zuvor nie gesehen; da wurde der Riese sehr traurig.

Jeden Nachmittag nach Schluß der Schule kamen die Kinder und spielten mit dem Riesen. Aber der kleine Knabe, den der Riese so liebte, ließ sich nie mehr sehen. Der Riese war sehr gut mit den Kindern, aber er sehnte sich nach seinem kleinen Freunde und sprach oft von ihm. »Wie gern möcht' ich ihn wiedersehn!« sagte er immer und immer.

Jahre vergingen, und der Riese wurde sehr alt und schwach. Er konnte nicht mehr unten mit den Kindern spielen, und so saß er in seinem mächtigen Armstuhl und sah ihnen zu und freute sich an seinem Garten. »Ich habe viele schöne Blumen«, sagte er; »aber die allerschönsten Blumen von allen sind die Kinder.«

An einem Wintermorgen sah er beim Ankleiden aus seinem Fenster. Jetzt haßte er den Winter nicht mehr, denn er wußte, daß der Frühling nur schlief und die Blumen sich ausruhten.

Plötzlich rieb er sich verwundert die Augen und sah und sah. Es war wirklich ein wundersamer Anblick. Im fernsten Winkel des Gartens war ein Baum ganz bedeckt mit lieblichen weißen Blüten. Seine Äste waren lauter Gold, und silberne Früchte hingen an ihnen, und darunter stand der kleine Knabe, den er so geliebt hatte.

Hocherfreut eilte der Riese die Treppe hinunter und in den Garten. Er lief über den Rasen auf das Kind zu. Und als er ihm ganz nahe gekommen war, wurde sein Gesicht rot vor Zorn und er sagte: »Wer hat es gewagt, dich zu verwunden?« Denn an den Handflächen des Kindes waren Male von zwei Nägeln, und Male von zwei Nägeln waren an den kleinen Füßen.

»Wer hat es gewagt, dich zu verwunden?« rief der Riese; »sag es mir, damit ich mein großes Schwert nehme und ihn erschlage.«

»Ach nein«, antwortete das Kind; »dies sind die Wunden der Liebe.«

»Wer bist du?« sagte der Riese, und eine seltsame Scheu überkam ihn, und er kniete nieder vor dem kleinen Kinde. Und das Kind lächelte den Riesen an und sprach zu ihm:

»Du ließest mich einst in deinem Garten spielen, heute sollst du mit mir kommen in meinen Garten, in das Paradies.«

Und als die Kinder an diesem Nachmittag hereinstürmten, da fanden sie den Riesen tot unter dem Baume liegen und ganz bedeckt mit weißen Blüten.

Oscar Wilde

Schlafe, Kindlein, schlafe wohl,
daß dich unser Herrgott hol
auf dem goldnen Schlitten.
Nimm die Mutter in die Mitten,
setz den Vater hinten drauf
fahre dann zum Himmel nauf.

Die Flucht nach Ägypten

Fern in einer der Wüsten des Morgenlandes wuchs vor vielen, vielen Jahren eine Palme, die ungeheuer alt und ungeheuer hoch war. Alle, die durch die Wüste zogen, mußten stehenbleiben und sie betrachten, denn sie war viel größer als andre Palmen, und man pflegte von ihr zu sagen, daß sie sicherlich höher werden würde als Obelisken und Pyramiden.

Wie nun diese große Palme in ihrer Einsamkeit dastand und hinaus über die Wüste schaute, sah sie eines Tages etwas, was sie dazu brachte, ihre gewaltige Blätterkrone vor Staunen auf dem schmalen Stamme hin und her zu wiegen. Dort am Wüstenrande kamen zwei einsame Menschen herangewandert. Sie waren noch in der Entfernung, in der Kamele so klein wie Ameisen erscheinen. Aber es waren sicherlich zwei Menschen. Zwei, die Fremdlinge in der Wüste waren, denn die Palme kannte das Wüstenvolk, ein Mann und ein Weib, die weder Wegweiser noch Lasttiere hatten, weder Zelte noch Wassersäcke.

»Wahrlich«, sagte die Palme zu sich selbst, »diese beiden sind hergekommen, um zu sterben.«

Die Palme warf rasche Blicke um sich.

»Es wundert mich«, fuhr sie fort, »daß die Löwen nicht schon zur Stelle sind, um diese Beute zu erjagen. Aber ich sehe keinen einzigen in Bewegung. Auch keinen Räuber der Wüste sehe ich. Aber sie kommen wohl noch.«

»Ihrer harret ein siebenfältiger Tod«, dachte die Palme weiter. »Die Löwen werden sie verschlingen, die Schlangen sie stechen, der Durst wird sie vertrocknen, der Sandsturm sie begraben, die Räuber werden sie fällen, der Sonnenstich wird sie verbrennen, die Furcht sie vernichten.«

Und sie versuchte, an etwas anderes zu denken. Dieser Menschen Schicksal stimmte sie wehmütig. Aber im ganzen Umkreis der Wüste, die unter der Palme ausgebreitet lag, fand sie nichts, was sie nicht schon seit Tausenden von Jahren gekannt und betrachtet hätte. Nichts konnte ihre Aufmerksamkeit fesseln. Sie mußte wieder an die beiden Wanderer denken.

»Bei der Dürre und dem Sturme!« sagte sie, des Lebens gefährlichste Feinde anrufend, »was ist es, was dieses Weib auf dem Arme trägt? Ich glaube gar, diese Toren führen auch ein kleines Kind mit sich.«

Die Palme, die weitsichtig war, wie es die Alten zu sein pflegen, sah wirklich richtig. Die Frau trug auf dem Arme ein kleines Kind, das den Kopf an ihre Schulter gelehnt hatte und schlief.

»Das Kind ist nicht einmal hinlänglich bekleidet«, fuhr die Palme fort. »Ich sehe, daß die Mutter ihren Rock aufgehoben und es damit eingehüllt hat. Sie hat es in großer Hast aus seinem Bette gerissen und ist mit ihm fortgestürzt. Jetzt verstehe ich alles: Diese Menschen sind Flüchtlinge –«

»Aber dennoch sind sie Toren«, fuhr die Palme fort. »Wenn nicht ein Engel sie beschützt, hätten sie lieber die Feinde ihr Schlimmstes tun lassen sollen, statt sich hinaus in die Wüste zu begeben. Ich kann mir denken, wie alles zugegangen ist. Der Mann stand bei der Arbeit, das Kind schlief in der Wiege, die Frau war ausgegangen, um Wasser zu holen.

Als sie zwei Schritte vor die Tür gemacht hatte, sah sie die Feinde angestürmt kommen. Sie ist zurückgestürzt, sie hat das Kind an sich gerissen, dem Manne zugerufen, er solle ihr folgen, und ist aufgebrochen. Dann sind sie tagelang auf der Flucht gewesen, sie haben ganz gewiß keinen Augenblick geruht. Ja, so ist alles zugegangen, aber ich sage dennoch, wenn nicht ein Engel sie beschützt – –

Sie sind so erschrocken, daß sie weder Müdigkeit noch andere Leiden fühlen können, aber ich sehe, wie der Durst aus ihren Augen leuchtet. Ich kenne doch wohl das Gesicht eines dürstenden Menschen.«

Und als die Palme an den Durst dachte, ging ein krampfhaftes Zucken durch ihren langen Stamm, und die zahllosen Spitzen ihrer langen Bläter rollten sich zusammen, als würden sie über ein Feuer gehalten.

»Wäre ich ein Mensch«, sagte sie, »ich würde mich nie in die Wüste hinauswagen. Der ist gar mutig, der sich hierherwagt, ohne Wurzeln zu haben, die hinunter zu den niemals versiegenden Wasseradern dringen. Hier kann es gefährlich sein, selbst für Palmen. Selbst für eine solche Palme wie mich.

Wenn ich ihnen raten könnte, ich würde sie bitten umzukehren. Ihre Feinde können niemals so grausam gegen sie sein wie die Wüste. Vielleicht glauben sie, daß es leicht sei, in der Wüste zu leben. Aber ich weiß, daß es selbst mir zuweilen schwergefallen ist, am Leben zu bleiben. Ich weiß noch, wie einmal in meiner Jugend ein Sturmwind einen ganzen Berg von Sand über mich schüttete. Ich war nahe daran, zu ersticken. Wenn ich hätte sterben können, wäre dies meine letzte Stunde gewesen.«

Die Palme fuhr fort, laut zu denken, wie alte Einsiedler zu tun pflegen.

»Ich höre ein wunderbar melodisches Rauschen durch meine Krone eilen«, sagte sie. »Die Spitzen aller meiner Blätter müssen in Schwingungen beben. Ich weiß nicht, was mich beim Anblick dieser armen Fremdlinge durchfährt. Aber dieses betrübte Weib ist so schön. Sie bringt mir das Wunderbarste, das ich erlebt, wieder in Erinnerung.« Und während die Blätter fortfuhren, sich in einer rauschenden Melodie zu regen, dachte die Palme daran, wie einmal, vor sehr langer Zeit, zwei strahlende Menschen Gäste der Oase gewesen waren. Es war die Königin von Saba, die hierhergekommen war, mit ihr der weise Salomo. Die schöne Königin wollte wieder heimkehren in ihr Land, der König hatte sie ein Stück Weges geleitet, und nun wollten sie sich trennen. – »Zur Erinnerung an diese Stunde«, sagte da die Königin, »pflanze ich einen Dattelkern in die Erde, und ich will, daß daraus eine Palme werde, die wachsen und leben soll, bis im Lande Juda ein König ersteht, der größer ist als Salomo.« Und als sie dieses gesagt hatte, senkte sie den Kern in die Erde, und ihre Tränen netzten ihn.

»Woher mag es wohl kommen, daß ich just heute daran denke?« fragte sich die Palme. »Sollte diese Frau so schön sein, daß sie mich an die herrlichste der Königinnen erinnert, an sie, auf deren Wort ich erwachsen bin und gelebt habe bis zum heutigen Tage?

Ich höre meine Blätter immer stärker rauschen«, sagte die Palme, »und es klingt wehmütig wie ein Totengesang. Es ist, als weissagten sie, daß jemand bald aus dem Leben scheiden müsse. Es ist gut, zu wissen, daß es nicht mir gilt, da ich nicht sterben kann.«

Die Palme nahm an, daß das Todesrauschen an ihren Blättern den beiden einsamen Wanderern gelten müsse. Sicherlich glaubten auch diese selbst, daß ihre letzte Stunde nahe. Man sah es an dem Ausdruck ihrer Züge, als sie an einem der Kamelskelette vorüberwanderten, die den Weg umgrenzten. Man sah es an den Blicken, die sie ein paar vorüberfliegenden Geiern nachsandten. Es konnte ja nicht anders sein. Sie waren verloren.

Sie hatten die Palme und die Oase erblickt und eilten nun darauf zu, um Wasser zu finden. Aber als sie endlich herankamen, sanken sie in Verzweiflung zusammen, denn die Quelle war ausgetrocknet. Das ermattete Weib legte das Kind nieder und setzte sich weinend an den Rand der Quelle. Der Mann warf sich neben ihr hin, er lag und hämmerte mit beiden Fäusten auf die trockene Erde. Die Palme hörte, wie sie miteinander davon sprachen, daß sie sterben müßten.

Sie hörte auch aus ihren Reden, daß der König Herodes alle Kindlein im Alter von zwei und drei Jahren hatte töten lassen, aus Furcht, daß der große, erwartete König der Juden geboren sein könnte.

»Es rauscht immer mächtiger in meinen Blättern«, dachte die Palme. »Diesen armen Flüchtlingen schlägt bald ihr letztes Stündlein.«

Sie vernahm auch, daß die beiden die Wüste fürchteten. Der Mann sagte, es wäre besser gewesen, zu bleiben und mit den Kriegsknechten zu kämpfen, statt zu fliehen. Sie hätten so einen leichteren Tod gefunden.

»Gott wird uns beistehen«, sagte die Frau.

»Wir sind einsam unter Raubtieren und Schlangen«, sagte der Mann. »Wir haben nicht Speise und Trank. Wie soll Gott uns beistehen können?« Er zerriß seine Kleider in Verzweiflung und drückte sein Gesicht auf den Boden. Er war hoffnungslos, wie ein Mann mit einer Todeswunde im Herzen.

Die Frau saß aufrecht, die Hände über den Knien gefaltet. Doch die Blicke, die sie über die Wüste warf, sprachen von einer Trostlosigkeit ohne Grenzen.

Die Palme hörte, wie das wehmütige Rauschen in ihren Blättern immer stärker wurde. Die Frau mußte es auch gehört haben, denn sie hob die Augen zur Baumkrone auf. Und zugleich erhob sie unwillkürlich ihre Arme und Hände.

»O Datteln, Datteln!« rief sie.

Es lag so große Sehnsucht in der Stimme, daß die alte Palme wünschte, sie wäre nicht höher als der Ginsterbusch, und ihre Datteln so leicht erreichbar wie die Hagebutten des Dornenstrauchs. Sie wußte wohl, daß ihre Krone voll von Dattelbüschen hing, aber wie sollten wohl Menschen zu so schwindelnder Höhe hinaufreichen?

Der Mann hatte schon gesehen, wie unerreichbar hoch die Datteln hingen. Er hob nicht einmal den Kopf. Er bat nur die Frau, sich nicht nach dem Unmöglichen zu sehnen.

Aber das Kind, das für sich selbst umhergetrippelt war und mit Hälmchen und Gräsern gespielt hatte, hatte den Ausruf der Mutter gehört.

Der Kleine konnte sich wohl nicht denken, daß seine Mutter nicht alles bekommen könnte, was sie sich wünschte. Sowie man von Datteln sprach, begann er den Baum anzugucken. Er sann und grübelte, wie er die Datteln herunterbekommen sollte. Seine Stirn legte sich beinahe in Falten unter dem hellen Gelock. Endlich huschte ein Lächeln über sein Antlitz. Er hatte das Mittel herausgefunden. Er ging auf die Palme zu und streichelte sie mit seiner kleinen Hand und sagte mit einer süßen Kinderstimme:

»Palme, beuge dich! Palme, beuge dich!«

Aber, was war das nur? Was war das? Die Palmenblätter rauschten, als wäre ein Orkan durch sie gefahren, und den langen Palmenstamm hinauf lief Schauer um Schauer. Und die Palme fühlte, daß der Kleine Macht über sie hatte. Sie konnte ihm nicht widerstehen.

Und sie beugte sich mit ihrem hohen Stamme vor dem Kinde, wie Menschen sich vor Fürsten beugen. In einem gewaltigen Bogen senkte sie sich zur Erde und kam endlich so tief hinunter, daß die große Krone mit den bebenden Blättern über den Wüstensand fegte.

Das Kind schien weder erschrocken noch erstaunt zu sein, sondern mit einem Freudenrufe kam es und pflückte Traube um Traube aus der alten Palme.

Als das Kind genug genommen hatte und der Baum noch immer auf der Erde lag, ging es wieder heran und liebkoste ihn und sagte mit der holdesten Stimme:

»Palme, erhebe dich! Palme, erhebe dich!«

Und der große Baum erhob sich still und ehrfürchtig auf seinem biegsamen Stamm, indes die Blätter gleich Harfen spielten.

»Jetzt weiß ich, für wen sie die Todesmelodie spielen«, sagte die alte Palme zu sich selbst, als sie wieder aufrecht stand. »Nicht für einen von diesen Menschen.« Aber der Mann und das Weib lagen auf den Knien und lobten Gott.

»Du hast unsre Angst gesehen und sie von uns genommen. Du bist der Starke, der den Stamm der Palme beugt wie schwankendes Rohr. Vor welchem Feinde sollten wir erbeben, wenn deine Stärke uns schützt?«

Als die nächste Karawane durch die Wüste zog, sahen die Reisenden, daß die Blätterkrone der großen Palme verwelkt war.

»Wie kann das zugehen?« sagte ein Wanderer. »Diese Palme sollte ja nicht sterben, bevor sie einen König gesehen hätte, der größer wäre als Salomo.« »Vielleicht hat sie ihn gesehen«, antwortete ein anderer von den Wüstenfahrern.

Selma Lagerlöf

Ich friere.
Es ist so lange kein Rauch
Aus meinem Schornstein
gestiegen.

Ringelnatz

Fängt es im Winter zu schneien an,
so schneit es nichts als Marzipan,
Rosinen auch und Mandel,
und wer sie gerne knabbern mag,
der hat einen guten Handel.

Schneien

Es schneit, schneit, was vom Himmel herunter mag, und es mag Erkleckliches herunter. Das hört nicht auf, hat nicht Anfang und nicht Ende. Einen Himmel gibt es nicht mehr, alles ist ein graues weißes Schneien. Eine Luft gibt es auch nicht mehr, sie ist voll Schnee. Eine Erde gibt es auch nicht mehr, sie ist mit Schnee und wieder mit Schnee zugedeckt. Dächer, Straßen, Bäume sind eingeschneit. Auf alles schneit es herab, und das ist begreiflich, denn wenn es schneit, schneit es begreiflicherweise auf alles herab, ohne Ausnahme. Alles muß den Schnee tragen, feste Gegenstände wie Gegenstände, die sich bewegen, wie z. B. Wagen, Mobilien wie Immobilien, Liegenschaften wie Transportables, Blöcke, Pflöcke und Pfähle wie gehende Menschen. Kein Fleckchen existiert, das vom Schnee unberührt bleibt, außer was in Häusern, in Tunneln oder in Höhlen liegt. Ganze Wälder, Felder, Berge, Städte, Dörfer, Ländereien werden eingeschneit. Auf ganze Staatswesen, Staatshaushaltungen schneit es herab. Nur Seen und Flüsse sind uneinschneibar. Seen sind unmöglich einzuschneien, weil das Wasser allen Schnee einfach ein- und aufschluckt, aber dafür sind Gerümpel, Abfällsel, Hudeln, Lumpen, Steine und Geröll sehr veranlagt, eingeschneit zu werden. Hunde, Katzen, Tauben, Spatzen, Kühe und Pferde sind mit Schnee bedeckt, ebenso Hüte, Mäntel, Röcke, Hosen, Schuhe und Nasen. Auf das Haar von hübschen Frauen schneit es ungeniert herab, ebenso auf Gesichter, Hände und auf die Augenwimpern von zur Schule gehenden zarten kleinen Kindern. Alles, was steht, geht, kriecht, läuft und springt, wird sauber eingeschneit. Hekken werden mit weißen Böllerchen geschmückt, farbige Plakate werden weiß zugedeckt, was da und dort vielleicht gar nicht schade ist. Reklamen werden unschädlich und unsichtbar gemacht, worüber sich die Urheber vergeblich beklagen. Weiße Wege gibt's, weiße Mauern, weiße Äste, weiße Stangen, weiße Gartengitter, weiße Äcker, weiße Hügel und weiß Gott was sonst noch alles. Fleißig und emsig fährt es fort mit Schneien, will, scheint es, gar nicht wieder aufhören. Alle Farben, rot, grün, braun und blau, sind vom Weiß eingedeckt. Wohin man schaut, ist alles schneeweiß; wohin du blickst, ist alles schneeweiß. Und still ist es, warm ist es, weich ist es, sauber ist es. Sich im Schnee schmutzig zu machen, dürfte sicher ziemlich schwer, wenn nicht überhaupt unmöglich sein. Alle Tannenäste sind voll Schnee, beugen sich unter der dicken weißen Last tief zur Erde herab, versperren den Weg. Den Weg? Als wenn es noch einen Weg gäbe! Man geht so, und indem man geht, hofft man, daß man auf dem rechten Weg sei. Und still ist es. Das Schneien hat alles Geräusch, allen Lärm, alle Töne und Schälle eingeschneit. Man hört nur die Stille, die Lautlosigkeit, und die tönt wahrhaftig nicht laut. Und warm ist es in all dem dichten weichen Schnee, so warm wie in einem heimeligen Wohnzimmer, wo friedfertige Menschen zu irgendeinem feinen lieben Vergnügen versammelt sind. Und rund ist es, alles ist rundherum wie abgerundet, abgeglättet. Schärfen, Ecken und Spitzen sind zugeschneit. Was kantig und spitzig war, besitzt jetzt eine weiße Kappe und ist somit abgerundet. Alles Harte, Grobe, Holperige ist mit

Gefälligkeit, freundlicher Verbindlichkeit, mit Schnee, zugedeckt. Wo du gehst, trittst du nur auf Weiches, Weißes, und was du anrührst, ist sanft, naß und weich. Verschleiert, ausgeglichen, abgeschwächt ist alles. Wo ein Vielerlei und Mancherlei war, ist nur noch eines, nämlich Schnee; und wo Gegensätze waren, ist ein Einziges und Einiges, nämlich Schnee. Wie süß, wie friedlich sind alle mannigfaltigen Erscheinungen, Gestalten miteinander zu einem einzigen Gesicht, zu einem einzigen sinnenden Ganzen verbunden. Ein einziges Gebilde herrscht. Was stark hervortrat, ist gedämpft, und was sich aus der Gemeinsamkeit emporhob, dient im schönsten Sinne dem schönen, guten, erhabenen Gesamten. Aber ich habe noch nicht alles gesagt. Warte noch ein wenig. Gleich, gleich bin ich fertig. Es fällt mir nämlich ein, daß ein Held, der sich tapfer gegen eine Übermacht wehrte, nichts von Gefangengabe wissen wollte, seine Pflicht als Krieger bis zu allerletzt erfüllte, im Schnee könnte gefallen sein. Von fleißigem Schneien wurde das Gesicht, die Hand, der arme Leib mit der blutigen Wunde, die edle Standhaftigkeit, der männliche Entschluß, die brave tapfere Seele zugedeckt. Irgendwer kann über das Grab hinwegtreten, ohne daß er etwas merkt, aber ihm, der unterm Schnee liegt, ist es wohl, er hat Ruhe, er hat Frieden, und er ist daheim. – Seine Frau steht zu Hause am Fenster und sieht das Schneien und denkt dabei: »Wo mag er sein, und wie mag es ihm gehen? Sicher geht es ihm gut.« Plötzlich sieht sie ihn, sie hat eine Erscheinung. Sie geht vom Fenster weg, sitzt nieder und weint.

Robert Walser

Tross tross trill,
der Bauer hat ein Füll.
Das Füllen will nicht laufen,
der Bauer wills verkaufen,
verkaufen wills der Bauer,
das Leben wird ihm sauer,
sauer wird ihm das Leben,
der Weinstock, der trägt Reben,
Reben trägt der Weinstock,
Hörner hat der Ziegenbock,
der Ziegenbock hat Hörner,
im Wald, da wachsen Dörner,
Dörner wachsen im Wald,
der Winter der ist kalt,
kalt ist der Winter,
da frieren die kleinen Kinder,
die kleinen Kinder frieren,
wers nicht glaubt, der kanns probieren.

Aus diesem Schnee konnte man keinen Schneemann bauen. Das wissen die Häuser, die von allen Seiten her auf den Park blicken. Das wissen die Bäume, die im Park stehen, und die Bäume sagen: Das kennen wir schon, gebt euch keine Mühe!

Und die Häuser sagen: Aus diesem Schnee geht's eben nicht.

Aha, sagen die Parkwächter.

Sie bücken sich, machen kleine Schneebälle aus diesem Schnee und werfen sie den klugen Häusern ans Dach und den klugen Bäumen vor die Krone.

Nanu, rufen die Häuser und Bäume, wer bewirft uns denn da?

Drei wütende Parkwächter aus Neuruppin!

Waaas? sagen die Häuser, seit wann gibt's denn wütende Parkwächter in Neuruppin?

Menschenskinder, sagen die Parkwächter, seit heute früh!

Liebe Parkwächter, sagen die Bäume, seit heute früh gibt's Schnee.

Gebt euch keine Mühe, rufen die Parkwächter, das kennen wir schon! Wir sind keine lieben Parkwächter, sondern wütend über diesen Schnee, aus dem man keinen Schneemann bauen kann.

Günter Bruno Fuchs

Ballade vom schweren Leben des Ritters Kauz vom Rabensee

Es war ein alter Ritter,
Herr Kauz vom Rabensee.
Wenn er nicht schlief, dann stritt er.
Er hieß: der Eiserne.

Sein Mantel war aus Eisen,
Aus Eisen sein Habit.
Sein Schuh war auch aus Eisen.
Sein Schneider war der Schmied.

Ging er auf einer Brücke
Über den Rhein – pardauz
Sie brach in tausend Stücke.
So schwer war der Herr Kauz.

Lehnt er an einer Brüstung,
Es macht sofort: pardauz!
So schwer war seine Rüstung.
So schwer war der Herr Kauz.

Und ging nach solchem Drama
Zu Bett er, müd wie Blei:
Sein eiserner Pyjama
Brach auch das Bett entzwei.

Der Winter kam mit Schnaufen,
Mit Kälte und mit Schnee.
Herr Kauz ging Schlittschuh laufen
Wohl auf dem Rabensee.

Er glitt noch eine Strecke
Aufs stille Eis hinaus.
Da brach er durch die Decke
Und in die Worte aus:

Potz Bomben und Gewitter,
Ich glaube, ich ersauf!
Dann gab der alte Ritter
Sein schweres Leben auf.

Peter Hacks

Ich möchte dir
einen Schneestern bringen –
mit leeren Händen werde ich
vor dir stehen.

Günter Bruno Fuchs

Es wird kalt, liebe Königin –
leg das Mäntelchen an!

Günter Bruno Fuchs

D Engele hans Bett gemacht,
d Federn fliegen runter!
Alle Tag, da wachen sie,
zur Nacht, da sind se munter.
Wäre sie net munter z Nacht,
wer hätt denn dann mein Kind bewacht?

Ein Wiegenlied bei Mondschein zu singen

So schlafe nun du Kleine!
Was weinest du?
Sanft ist im Mondenscheine,
Und süß die Ruh.

Auch kommt der Schlaf geschwinder,
Und sonder Müh;
Der Mond freut sich der Kinder,
Und liebet sie.

Er liebt zwar auch die Knaben,
Doch Mädchen mehr,
Gießt freundlich schöne Gaben
Von oben her

Alt ist er wie ein Rabe,
Sieht manches Land;
Mein Vater hat als Knabe
Ihn schon gekannt.

Matthias Claudius

Der goldene Schlüssel

Zur Winterszeit, als einmal ein tiefer Schnee lag, mußte ein armer Junge hinausgehen und Holz auf einem Schlitten holen. Wie er es nun zusammengesucht und aufgeladen hatte, wollte er, weil er so erfroren war, noch nicht nach Haus gehen, sondern erst Feuer anmachen und sich ein bißchen wärmen. Da scharrte er den Schnee weg, und wie er so den Erdboden aufräumte, fand er einen kleinen goldenen Schlüssel. Nun glaubte er, wo der Schlüssel wäre, müßte auch das Schloß dazu sein, grub in der Erde und fand ein eisernes Kästchen. »Wenn der Schlüssel nur paßt!« dachte er, »es sind gewiß kostbare Sachen in dem Kästchen.« Er suchte, aber es war kein Schlüsselloch da, endlich entdeckte er eins, aber so klein, daß man es kaum sehen konnte. Er probierte, und der Schlüssel paßte glücklich. Da drehte er einmal herum, und nun müssen wir warten, bis er vollends aufgeschlossen und den Deckel aufgemacht hat: dann werden wir erfahren, was für wunderbare Sachen in dem Kästchen lagen.

Brüder Grimm

Ich schenk dir was!
Was ist denn das?
Ein silbernes Warteinweilchen,
und ein goldenes Nixchen
in einem niemalenen Büchschen.

Ich habe nichts

Sorglos und heiter, wie nur ein rechter Habenichts sein kann, wanderte eines Tages durch das schöne grüne Land ein guter Bursche mit einer dummen Nase. An Busch und Baum, an Haus und Hof vorbei, durch Wald und Feld ging er vergnügt, leicht, froh und nett dahin, und weil er ein so gutmütiges Gesicht hatte, so grüßten ihn alle Leute überaus freundlich, und das war natürlich dem Burschen nichts als recht. Er war aber auch einer, der es mit allen Geschöpfen, sei's Mensch, sei's Tier, herzlich gut meinte, und hold gesinnt war er der ganzen Welt, und das sahen ihm die Leute an, die ja immer sogleich alles von weitem merken. Ehrbar und leise sagte er jedermann sein: Guten Abend, denn der schöne Edelknabe Abend schlich mit Goldhänden und Goldaugen bereits zwischen den Häusern und Bäumen herum, und aus nah und fern tönte der Klang der Glocken. Wie nun der Bursche an einer Wiese vorbeiging, streckte ihm ein Kälbchen seinen Kopf dar und gab ihm zu verstehen, daß es etwas von ihm haben wolle. Oder vielleicht wollte es Freundschaft mit ihm schließen, ihm etwas sagen, ihm etwas von seinem Kälbchenleben erzählen. »Ich habe nichts, du gutes Tier. Gern gäbe ich dir etwas, wenn ich etwas hätte«, sagte der Bursche und ging weiter, aber im Weitergehen mußte er immerfort an das Kälbchen denken, das etwas von ihm haben wollte. Etwas später ging er an einem prächtigen Bauernhaus vorbei, das am Waldrand lag. Da rannte mit lautem Gebell ein großer Hund gegen ihn los, daß er ganz ängstlich wurde. Aber die Ängstlichkeit war überflüssig; der Hund sprang wohl hoch an ihm auf, aber nicht zornig, sondern freundlich, und das Gebell war die deutliche Kundgebung der Freude, und die gute Bäuerin hätte nicht nötig gehabt, dem Tier von weit her zuzurufen, es solle nicht Leute so unmanierlich anfallen. »Was willst du von mir, du gutes Tier? Ich sehe wohl, daß du etwas von mir haben möchtest, aber ich habe leider Gottes nichts. Gerne gäbe ich dir etwas, wenn ich etwas hätte«, sagte der Bursche, den der große Hund in den Buchenwald hineinbegleitete, als wolle er Freundschaft mit ihm schließen und ihm von seinem Tierdasein allerlei erzählen. Als indessen der Hund sah, daß sein Freund weiter und weiter ging, hielt er mit Begleiten inne und kehrte wieder zum Bauernhaus und zu seiner Pflicht zurück, und der Bursche wanderte weiter, aber im Weiterwandern mußte er immerfort an den Hund denken, der sich so zutraulich an ihn anschloß und der gewiß etwas von ihm haben wollte. Nach einer guten Weile, unten im Tale, traf der Bursche auf der schönen breiten Landstraße eine Ziege an, die, als sie ihn sah, sogleich auf ihn zukam und sich ihm freundlich zugesellte, wie wenn sie ein freundschaftsbedürftiger Mensch wäre und ihm vielerlei aus ihrem armen Ziegenleben hätte anvertrauen wollen. »Du möchtest wohl etwas von mir haben, aber ich habe nichts. Gerne gäbe ich dir etwas, wenn ich etwas hätte, du gutes Tier«, sagte er voll Mitleid und ging weiter, aber im Weitergehen mußte er immerfort an die Tiere denken, die etwas von ihm haben wollten, an die Ziege, an den Hund und an das Kälbchen, die da Freundschaft mit ihm hatten schließen und ihm von ihrem stummen, geduldigen, dumpfen Dasein hatten erzählen wollen, die keine Sprache haben und nicht reden können, die zum Nutzen der Menschen gefangen und geknechtet in der Welt stehen, denen er gut war, wie auch sie ihm wieder gut waren, die er von Herzen gern mit sich genommen hätte, die ihn vielleicht gerne weithin begleitet hätten, die er gerne aus dem engen armen Tierreich in eine freiere, bessere Existenz hätte hinüberziehen helfen mögen. »Aber ich bin ja nichts, kann ja nichts, habe in Gottes Namen nichts, und in dieser weiten großen Welt bin ich nur ein armer, schwacher, machtloser Mensch«, sprach er, und wie er die Welt so schön sah, und wie er so an die Tiere dachte, und daran, daß er und alle seine Freunde, Menschen und Tiere, so hilflos seien, konnte er unmöglich weitergehen. Er legte sich, unweit von der Straße, in die Wiese, um sich satt zu weinen, so ein dummer Bursche!

Robert Walser

Kindergeschichte

Herr Piff, Herr Paff und Herr Puff sind miteinander auf die Jagd gegangen. Und weil es Herbst war, wuchs nichts auf den Äckern; außer Erde, die der Pflug so aufgelockert hatte, daß die Stiefel hoch über die Schäfte davon braun wurden. Es war sehr viel Erde da, und so weit das Auge reichte, sah man stille braune Wellen; manchmal trug eine davon ein Steinkreuz auf ihrem Rükken oder einen Heiligen oder einen leeren Weg; es war sehr einsam.

Da gewahrten die Herren, als sie wieder in eine Mulde hinabstiegen, vor sich einen Hasen, und weil es das erste Tier war, das sie an diesem Tag antrafen, rissen alle drei ihre Schießrohre rasch an die Backe und drückten ab. Herr Piff zielte über seine rechte Stiefelspitze, Herr Puff über seine linke, und Herr Paff zwischen beiden Stiefeln geradeaus, denn der Hase saß ungefähr gleichweit von jedem und sah ihnen entgegen. Nun erhob sich ein fürchterlicher Donner von den drei Schüssen, die Schrotkörner prasselten in der Luft wie drei Hagelwolken gegeneinander, und der Boden staubte wild getroffen auf; aber als sich die Natur von diesem Schrecken erholt hatte, lag auch der Hase im Pfeffer und rührte sich nicht mehr. Bloß wußte jetzt keiner, wem er gehöre, weil alle drei geschossen hatten. Herr Piff hatte schon von weitem ausgerufen, wenn der Hase rechts getroffen sei, so gehöre er ihm, denn er habe von links geschossen; das gleiche behauptete Herr Puff über die andere Hand; aber Herr Paff meinte, daß der Hase sich doch auch im letzten Augenblick umgedreht haben könne, was nur zu entscheiden wäre, wenn er den Schuß in der Brust oder im Rücken habe: dann aber, und somit unter allen Umständen, gehöre er ihm! Als sie nun hinkamen, zeigte sich jedoch, daß sie durchaus nicht herausfinden konnten, wo der Hase getroffen sei, und natürlich stritten sie jetzt erst recht um die Frage, wem er zukomme.

Da erhob sich der Hase höflich und sagte: »Meine Herren, wenn Sie sich nicht einigen können, will ich so frei sein und noch leben! Ich bin, wie ich sehe, bloß vor Schreck umgefallen.«

Da waren Herr Piff und Herr Puff, wie man zu sagen pflegt, einen Augenblick ganz paff, und bei Herrn Paff versteht sich das eigentlich immer von selbst. Aber der Hase fuhr unbeirrt fort. Er machte große, hysterische Augen – wahrscheinlich doch, weil ihn der Tod gestreift hatte – und begann, den Jägern ihre Zukunft vorauszusagen. »Ich kann Ihnen Ihr Ende prophezeien, meine Herren«, sagte er, »wenn Sie mich am Leben lassen! Sie, Herr Piff, werden schon in sieben Jahren und drei Monaten von der Sense des Todes in Gestalt der Hörner eines Stiers hingemäht werden; und der Herr Paff werden zwar sehr alt werden, aber ich sehe etwas äußerst Unangenehmes am Ende – etwas – ja, das läßt sich nicht so leicht sagen – «; er stockte und blickte Paff teilnahmsvoll an, dann brach er ab und sagte rasch: »Aber der Herr Puff wird an einem Pfirsichkern ersticken, das ist einfach.«

Da wurden die Jäger bleich, und der Wind pfiff durch die Einöde. Aber indes die Röhrenstiefel an ihren Beinen noch im Winde klapperten, luden ihre Finger schon von neuem das Gewehr, und sie sprachen: »Wie kannst du wissen, was noch nicht geschehen ist, du Lügner!«

»Der Stier, der mich in sieben Jahren aufspießen soll«, sagte Herr Piff, »ist heute doch noch gar nicht geboren; wie kann er spießen, wenn er vielleicht überhaupt nicht geboren wird!?«

Und Herr Puff tröstete sich damit, daß er sagte: »Ich brauche bloß keine Pfirsiche mehr zu essen, so bist du schon ein Betrüger!«

Herr Paff aber sagte nur: »Na, na!«

Der Hase erwiderte: »Das können die Herren halten, wie sie wollen; es wird Ihnen nichts nützen.«

Da machten die Jäger Miene, den Hasen mit ihren Stiefelabsätzen totzutreten, und schrien: »Du wirst uns nicht abergläubisch machen!!« – Aber in diesem Augenblick kam ein häßliches altes Weib vorbei, das einen Haufen Reisig am Rücken schleppte, und die Jäger mußten rasch dreimal ausspucken, damit ihnen der Anblick nicht schade.

Da wurde das Weib, das es bemerkt hatte, böse und schrie zurück: »Bin a amol schön gwen!« Niemand hätte zu sagen vermocht, welche Mundart das sei; es klang aber geradezu wie der Dialekt der Hölle.

Diesen Augenblick benutzte der Hase, um zu entwischen. Die Jäger donnerten aus ihren Büchsen hinter ihm drein, aber der Hase war nicht mehr zu sehen, und auch das alte Weib war verschwunden; man glaubte nur während der drei Schüsse ein unbändiges Hohngelächter gehört zu haben.

Da wischte sich Herr Paff den Schweiß von der Stirn und ihn fror.

Herr Piff sagte: »Gehen wir nach Hause.«

Und Herr Puff kletterte schon den Abhang empor.

Als sie oben bei dem steinernen Kreuz angelangt waren, fühlten sie sich aber in seinem Schutze sicher und blieben wieder stehen.

»Wir haben uns selbst zum besten gehalten«, sagte Herr Puff, »– es war ein ganz gewöhnlicher Hase.«

»Aber er hat gesprochen –«, sagte Herr Paff.

»Das kann nur der Wind gewesen sein, oder das Blut war uns in der Kälte zu Ohren gestiegen« – belehrten ihn Herr Piff und Herr Puff.

Da flüsterte der liebe Gott am Steinkreuz: »Du sollst nicht töten ...!«

Die drei schraken von neuem ordentlich zusammen und gingen mindestens zwanzig Schritte dem steinernen Kreuz aus der Nähe; es ist aber auch zu arg, wenn man sich nicht einmal dort sicher fühlen kann! Und ehe sie noch etwas erwidern konnten, sahen sie sich mit großen Schritten nach Hause eilen. Erst als der Rauch ihrer Dächer sich über den Büschen kräuselte, die Dorfhunde bellten und Kinderstimmen durch die Luft zu schießen begannen wie die Schwalben, hatten sie ihre Beine wieder eingeholt, blieben auf ihnen stehen, und es wurde ihnen wohl und warm. »An irgend etwas muß schließlich jeder sterben« – meinte Herr Paff gelassen, der es bis dahin nach der Prophezeiung des Hasen am weitesten hatte; er wußte noch verdammt gut, weshalb er das sagte, doch plagte ihn jetzt mit einemmal ein Zweifel, ob wohl auch seine Gefährten davon wüßten, und er schämte sich, sie zu fragen.

Aber Herr Piff antwortete genau so: »Wenn ich nicht

töten dürfte, dann dürfte ich doch auch nicht getötet werden? Ergo sage ich, da hat es einen grundsätzlichen Widerspruch!« Das mochte nun jeder beziehen, worauf er wollte; eine vernünftige Antwort war es nicht, und Herr Piff schmunzelte philosophisch, um zu verbergen, daß er brennend gern erfahren wollte, ob ihn die anderen trotzdem verstünden oder ob in seinem Kopf etwas nicht in Ordnung gewesen sei.

Herr Puff, der dritte, zertrat nachdenklich einen Wurm unter der Stiefelsohle und erwiderte: »Wir töten ja nicht nur die Tiere, sondern wir hegen sie auch und halten auf Ordnung im Feld.«

Da wußte jeder, daß auch die andern wußten; und indes sich jeder heimlich noch daran erinnerte, begann das Erlebte schon zu zerrinnen wie ein Traum nach dem Erwachen, denn was drei gehört und gesehen haben, kann kein Geheimnis sein und also auch kein Wunder, sondern höchstens eine Täuschung. Und alle drei seufzten plötzlich: Gott sei Dank! Herr Piff seufzte es über seiner linken Stiefelspitze, Herr Puff über seiner rechten, denn beide schielten nach dem Gott im Feld zurück, dem sie heimlich dafür dankten, daß er ihnen nicht wirklich erschienen sei; Herr Paff aber, weil die beiden anderen wegsahen, konnte sich ganz zum Kreuz umdrehen, kniff sich in die Ohren und sagte: »Wir haben heute auf nüchternen Magen Branntwein getrunken; das sollte ein Jäger nie tun.«

»So ist es!« sagten alle drei, sangen ein fröhliches Jägerlied, worinnen viel von Grün die Rede war, und warfen mit Steinen nach einer Katze, die verbotenerweise auf die Felder schlich, um Haseneier zu fangen; denn nun fürchteten sich die Jäger ja auch nicht mehr vor dem Hasen. Aber dieser letzte Teil der Geschichte ist nicht ganz so verbürgt wie das übrige, denn es gibt Leute, welche behaupten, daß die Hasen nur zu Ostern Eier legen.

Robert Musil

Ein älterer Herr, der zum Spaß
Lebendige Häschen auffraß,
Lief schließlich grün an,
Worauf dieser Mann
Kein einziges Häschen mehr fraß.

Edward Lear

Wo bist du den Winter gewesen, mein Sohn?
Im Schlampamperland.
Was darin getan?
Ein Häuslein gebaut.
Das war gut!
Doch nicht gar gut.
Warum nicht?
Es ist eine wilde Sau gekommen
und hat es umgeworfen.
Das war bös!
Doch nicht gar bös!
Warum nicht?
Ich hab die Sau gefangen
und mir siebenundsiebzig Würst draus gmacht.
Das war gut!
Doch nicht gar gut.
Warum nicht?
Es ist eine Katz kommen
und hat mir alle aufgefressen.
Das war bös!
Doch nicht gar bös.
Warum nicht?
Ich hab der Katz den Pelz abgezogen
und mir ein Paar Handschuh draus gmacht;
im Kasten hangen sie noch
und haben ein großes Loch.

Gar nichts

Eine Frau, die nur eben ein wenig wunderlich war, ging in die Stadt, um für sich und ihren Mann etwas Gutes zum Nachtessen einzukaufen. Schon manche Frau hat Einkäufe gemacht und ist dabei nur eben ein wenig zerstreut gewesen. Neu ist also die Geschichte keineswegs; trotzdem fahre ich fort und erzähle, daß die Frau, die für sich und ihren Mann etwas Gutes zum Nachtessen einkaufen wollte und zu diesem Zweck in die Stadt ging, mit dem Kopf nicht recht bei der Sache war. Hin und her studierte sie, was sie wohl für sich und ihren Mann Apartes und Feines einkaufen könnte, da sie aber, wie gesagt, nicht recht bei der Sache war und ein wenig zerstreut war, so kam sie zu keinem Entschluß, und es schien, daß sie nicht recht wußte, was sie eigentlich wollte. »Es müßte etwas sein, das rasch zubereitet ist, denn es ist schon spät, die Zeit ist knapp«, dachte sie. Gott! Sie war halt nur eben ein wenig wunderlich und hatte den Kopf nicht recht bei der Sache. Sachlichkeit und Gegenständlichkeit sind ja recht schön. Die Frau hier aber war nicht sonderlich sachlich, sondern eher ein wenig zerstreut und wunderlich. Hin und her studierte sie, kam jedoch, wie gesagt, zu keinem Entschluß. Die Fähigkeit, einen Entschluß zu fassen, ist recht schön. Die Frau hier aber besaß die Fähigkeit nicht. Etwas recht Gutes und Schönes wollte sie für sich und ihren Mann zum Essen kaufen. Zu diesem netten Zweck ging sie ja in die Stadt; aber es glückte ihr einfach nicht, gelang ihr einfach nicht. Hin und her studierte sie. An gutem Willen fehlte es ihr nicht, an guten Absichten fehlte es ihr sicherlich nicht, nur war sie eben ein wenig wunderlich, hatte den Kopf nicht bei der Sache, und daher glückte es ihr nicht. Es ist nicht gut, wenn Köpfe nicht bei der Sache sind, und kurz und gut, zuletzt verleidete es der Frau, und sie ging mit gar nichts nach Hause.

»Was hast du Schönes und Gutes, Apartes und Feines, Vernünftiges und Gescheites zum Nachtessen eingekauft?« fragte der Mann, als er seine hübsche, nette, kleine Frau nach Hause kommen sah.

Sie erwiderte: »Gar nichts habe ich eingekauft.«

»Wie ist das zu verstehen?« fragte der Mann.

Sie sagte: »Hin und her studierte ich, kam aber zu keinem Entschluß, weil mir die Wahl zu schwer war. Auch war es schon spät, und die Zeit war knapp. An gutem Willen wie an den allerbesten Absichten fehlte es mir nicht, aber ich war mit dem Kopf nicht recht bei der Sache. Glaube mir, lieber Mann, es ist recht schlimm, wenn Köpfe nicht bei der Sache sind. Es scheint, daß ich nur eben ein wenig wunderlich war, und daher glückte es mir nicht. In die Stadt ging ich, und etwas recht Schönes und Gutes für mich und dich einkaufen wollte ich, an gutem Willen fehlte es mir nicht, hin und her studierte ich, aber die Wahl war schwer und der Kopf war nicht bei der Sache, und daher gelang es mir nicht, und daher kaufte ich gar nichts ein. Wir begnügen uns heute einmal mit gar nichts, nicht wahr. Gar nichts ist am raschesten zubereitet und macht jedenfalls keine Magenbeschwerden. Solltest du mir deswegen böse sein? Ich kann das nicht glauben.«

So aßen sie denn ausnahmsweise oder abwechslungsweise einmal gar nichts zu Nacht, und der gute brave

Mann war auch keineswegs böse, dazu war er zu ritterlich, zu manierlich und zu artig. Ein verdrießliches Gesicht würde er niemals gewagt haben zu machen, dazu war er viel zu gut erzogen. Ein braver Ehemann tut so etwas nicht. So aßen sie denn gar nichts und waren beide sehr zufrieden, denn es mundete ihnen ausnahmsweise ausgezeichnet. Die Idee seiner Frau, einmal mit gar nichts vorlieb zu nehmen, fand der brave Gatte ganz reizend, und indem er überzeugt zu sein behauptete, daß sie einen entzückenden Einfall gehabt habe, heuchelte er die größte Freude, womit er freilich verschwieg, wie sehr ihm ein nahrhaftes, rechtschaffenes Nachtessen, wie z. B. ein tüchtiger, tapferer Apfelbrei willkommen gewesen wäre.

Noch manches andere würde ihm wahrscheinlich besser geschmeckt haben als gar nichts.

Robert Walser

Es war einmal ein kleiner Mann
und eine schöne große Frau.

Die Frau, die wollt zum Tanze gehn,
der kleine Mann wollt auch mitgehn.

Ach kleiner Mann, bleib du zu Haus,
du wäschst mir Schüsseln und Teller aus.

Und als die Frau vom Tanze kam,
da saß der Mann beim Ofen und spann,

Und leckte seinen Teller ab,
und leckte seinen Teller ab.

Da kriegt die Frau den großen Stock
und schlug den Mann wohl übern Kopp.

Der Mann, der kroch ins Butterfaß,
und guckt er raus, so kriegt er was.

Der Flinke und der Faule

Ich gestehe, daß mich die Erfindung der Geschichte, die ich hier erzähle, die größte Mühe gekostet hat, obwohl man vielleicht finden wird, daß sie ein wenig läppisch sei. Sie handelt von einem faulen Flinken und von einem flinken Faulen. Zu beachten ist, daß der Flinke mit all seiner eichhornhaften Flinkheit weit hinter des Faulen grober Faulheit zurückblieb, worüber er sich nicht wenig verwunderte, was recht sehr zu begreifen ist. Das Seltsame und Bemerkenswerte an der einfältigen und albernen Geschichte, die glücklicherweise nicht allzu lange und breite Umstände macht, ist, daß der Flinke im Grunde der Faule ist und der Faule im Grunde der Flinke, und zwar deshalb, weil der Flinke eigentlich leider nur zu flink war und weil der Faule mit der gesamten Summe seiner Faulheit sich glücklicher- oder unglücklicherweise glänzend bewährte, indem er gar nicht flink und dennoch, im Grunde, viel flinker war als der flinkste Flinke, während leider der Flinke mit dem ganzen Reichtum seiner Flinkheit und Behendigkeit zwar durchaus nicht faul und dennoch viel fäuler war als der fäulste Faule, was jedenfalls recht sehr bedauerlich ist. Der Flinke übertraf freilich den Faulen an regelrechter Flinkheit, aber er kam dennoch zu kurz und stand zuletzt weit hinter dem Faulen, welcher, falls wir uns nicht gröblich irren, freilich den Flinken hoch an Faulheit überragte, indem er faul war wie die personifizierte Faulheit, dennoch aber lange nicht so faul und viel flinker war, als der Flinke dachte, den er weit hinter sich ließ und prächtig besiegte, über welchen außerordentlichen Umstand der bedauernswürdige arme Flinke fast vor Schreck umkam. Dieses, mein bester Leser, ist die Geschichte vom Flinken und vom Faulen oder vom Faulen und vom Flinken, je nachdem du willst und wie es dir gefällt. Beurteile sie milde, belache sie und zürne nicht allzustark ihrem Verfasser, dem sie so fest im Kopf saß, daß er sich genötigt sah, sie niederzuschreiben, um sie loszubekommen.

Robert Walser

Fräulein Knuchel

Schönes Haar, schöne Augen, zarte Hände, hübsche kleine Füße, nette Figur und feine weiße Haut hatte Fräulein Knuchel, aber noch keinen Mann hatte Fräulein Knuchel. Wie kam es, daß Fräulein Knuchel keinen Mann bekam? Das kam daher, weil sie dachte, wer sie zur Frau begehre, sei ein Waschlappen. Das kam daher, weil sie gern spottete und lachte. Das kam daher, weil sie nur den Schönsten und Klügsten wollte. Ein schlichter, ehrlicher Mann war ein Lappi, und daher kam es, daß sie keinen Mann bekam. Nur den Schönsten und Klügsten wollte sie. Jeder andere war ein Lappi. Wer sie liebte, den schaute sie über die Achsel an, der war ein Löli. War Fräulein Knuchel stolz und hochmütig? Ja, das war sie, und weil sie das war, bekam sie keinen Mann, denn ein vernünftiger Mann will kein Löli sein. Sie sagte gerne: »Ich würde ja einen Mann doch nur unglücklich machen«, und kam sich mit solchen dreisten Worten im Mund wunder wie interessant vor, aber weil sie das sagte, bekam sie keinen Mann, denn kein vernünftiger Mann rennt gern ins Unglück. Einmal machte ihr scheinbar einer einen warmen, ehrbaren Antrag. Sie sprach: »Ihr wäret ein armer Teufel, wenn Ihr mich nähmet.« Er erwiderte: »Ein armer Teufel will ich nicht sein«, ging fort und ließ Fräulein Knuchel sitzen. Fräulein Knuchel wollte wohl einen Mann, aber sie wollte nur den Klügsten. Jeder andere war ein einfältiger Trappi. Wer es gut mit ihr meinte, war ein Schlappi. Herrschsüchtig war Fräulein Knuchel. Den Schönsten und Klügsten begehrte sie zum Mann, der hatte ihr aber trotzdem in allem zu gehorchen, aber ein schöner und kluger Mann gehorcht nicht gern, ein tapferer und gewandter Mann will kein Pudel sein, das hätte Fräulein Knuchel bedenken sollen, aber sie dachte leider nicht daran. Sie dachte, wenn sie spotte, sei sie interessant, und wenn sie abstoße, wunder wie anziehend, aber sie irrte sich, und weil sie sich irrte, bekam sie keinen Mann. Schönes Haar, schöne Augen, zarte Hände, hübsche kleine Füße, nette Figur und feine weiße Haut hatte sie, aber keinen Mann hatte sie. Wie kam das? Der Tausend! Das haben wir gesagt, wir brauchen es nicht noch einmal zu sagen. Sparsam war sie und Fertigkeit im Flicken hatte sie, daneben aber machte sie ja einen Mann doch nur unglücklich, wie sie selber sagte. Was nützten einem Mann die Sparsamkeit und die Geschwindigkeit im Flicken, wenn er dabei doch nur unglücklich sein sollte? Was nützten ihm schönes Haar, schöne Augen, zarte Hände, hübsche kleine Füße, nette Figur und feine weiße Haut, wenn ihn Fräulein Knuchel, wie sie selber sagte, doch nur unglücklich machte? Wenn ich unglücklich sein soll, gebe ich alles schöne Haar, alle schönen Augen, alle zarten Hände, alle hübschen, kleinen Füße, alle nette Figur, alle feine weiße Haut, alle Sparsamkeit und alle Behendigkeit im Flicken gerne preis, laufe fort und preise mich glücklich, daß ich weit von allen diesen schönen Dingen weg bin. Was nützt einem Mann das Interessante; ein kluger Mann pfeift aufs Interessante, und weil ein kluger Mann aufs Interessante pfeift, bekam Fräulein Knuchel keinen Mann, denn sie war interessant.

Robert Walser

Morgen wolln wir Schlitten fahren,
morgen um halb neune
spann ich meine Schimmel ein,
fahr ich ganz alleine.
Ganz alleine fahr ich nit,
da nehm ich meine Gretel mit.

Ich erzähl dir ein Märchen
vom Dippel Dappel Därchen,
von der Dippel Dappel Fledermaus,
blas der Katz das Schwänzchen aus.

Es war einmal ein kleines Mädchen.
Und noch ein kleines Mädchen.
Und noch ein kleines Mädchen.
Wieviel kleine Mädchen sind das jetzt im ganzen?
Im ganzen – vier.
Denn da war noch eins, das letzte kleine Mädchen.
Sie hatten eine Katze.
Und noch eine Katze.
Und noch eine Katze.
Wieviel Katzen sind das jetzt im ganzen?
Im ganzen – drei.
Denn eins der kleinen Mädchen hatte keine Katze.
Das sind also im ganzen – vier kleine Mädchen und drei Katzen.
Eine Katze fehlt!
Welche Katze fehlt?
Alle Katzen, die es gibt, gibt es schon.
Es kann keine Katze fehlen.
Aber wo ist dann die eine Katze, die fehlt?
Die gibt es nicht.
Aber wenn wir sie mitzählen, ist alles in Ordnung.
Vier Katzen und vier kleine Mädchen.
Vier und vier.
Prima.

Dušan Radović

Wer frißt kleine Kuchen
um Mitternacht?
Der große
Mitternachtskuchenfresser.

Günter Bruno Fuchs

Nun mag ich auch nicht länger leben,
Verhaßt ist mir des Tages Licht;
Denn sie hat Franze Kuchen gegeben,
Mir aber nicht.

Matthias Claudius

Die drei Bären

Märchen

Ein kleines Mädchen ging einmal in den Wald. Es verirrte sich, suchte den Weg nach Hause und fand ihn nicht. Da kam es zu einem Häuschen.

Die Tür stand offen, das Mädchen sah, daß niemand in dem Häuschen war und ging hinein. In dem Häuschen wohnten drei Bären. Der eine war der Vater und hieß Michail Iwanytsch. Er war groß und zottelig. Der andere war eine Bärin. Sie war ein bißchen kleiner und hieß Nastasja Petrowna. Der dritte war ein kleiner Bär und hieß Mischutka. Die Bären waren nicht zu Hause, sie gingen im Wald spazieren.

In dem Häuschen waren zwei Zimmer, ein Wohnzimmer und ein Schlafzimmer. Das Mädchen ging ins Wohnzimmer und sah auf dem Tisch drei Teller mit Suppe. Der erste Teller war sehr groß und gehörte Michail Iwanytsch, der zweite, ein bißchen kleiner, gehörte Nastasja Petrowna, und der dritte, ein blaues Tellerchen, gehörte Mischutka. Neben jedem Teller lag ein Löffel: ein großer, ein kleinerer und ein ganz kleiner.

Das Mädchen nahm den größten Löffel und aß aus dem größten Teller, dann nahm es den kleineren Löffel und aß aus dem kleineren Teller, und zuletzt nahm es den kleinsten Löffel und aß aus dem blauen Tellerchen. Mischutkas Suppe schmeckte ihm am besten.

Das Mädchen wollte sich an den Tisch setzen. Da standen drei Stühle: ein großer, ein kleinerer und ein ganz kleiner mit einem blauen Kissen. Es kletterte auf den großen Stuhl und fiel herunter, es setzte sich auf den mittleren Stuhl, aber der war zu hoch, es setzte sich auf den kleinen Stuhl und lachte, so schön war das. Das Mädchen nahm das blaue Tellerchen auf die Knie und fing an zu essen. Es aß die ganze Suppe auf und schaukelte mit dem Stuhl. Der Stuhl ging entzwei und das Mädchen fiel auf den Boden. Es stand auf, stellte den Stuhl wieder hin und ging ins andere Zimmer. Dort standen drei Betten: ein großes für Michail Iwanytsch, ein kleineres für Nastasja Petrowna und ein kleines für Mischutka. Das Mädchen legte sich in das große Bett, aber das war ihm zu breit; es legte sich in das kleinere Bett – es war ihm zu hoch; es legte sich in das kleine Bett – das war gerade richtig, und das Mädchen schlief ein. Da kamen die Bären nach Hause. Sie hatten Hunger und wollten essen. Der große Bär nahm seinen Teller, schaute hinein und brüllte mit furchtbarer Stimme:

»Wer hat aus meinem Teller gegessen?«

Nastasja Petrowna guckte in ihren Teller und brüllte nicht ganz so laut:

»Wer hat aus meinem Teller gegessen?«

Mischutka sah sein leeres Tellerchen und quäkte:

»Wer hat meine Suppe aufgegessen?«

Michail Iwanytsch sah seinen Stuhl an und brüllte mit furchtbarer Stimme:

»Wer hat meinen Stuhl weggerückt?«

Nastasja Petrowna brüllte nicht ganz so laut:

»Und wer hat meinen Stuhl weggerückt?«

Mischutka quäkte: »Wer hat mein Stühlchen zerbrochen?«

Die Bären gingen in die andere Stube.

»Wer hat in meinem Bett gelegen?«
brüllte Michail Lwanytsch.

»Wer hat in meinem Bett gelegen?«
brüllte Nastasja Petrowna nicht ganz so laut.

Mischutka stieg auf ein Fußbänkchen, kletterte in sein Bett und quäkte:

»Wer hat sich in mein Bett gelegt?«

Und da sah er das Mädchen und schrie wie am Spieß:
»Da ist sie! Packt sie, packt sie! Da ist sie, da, da!«

Er wollte sie beißen. Aber da wachte das Mädchen auf, sah die Bären und lief ans Fenster. Das Fenster war offen, das Mädchen sprang hinaus und rannte so schnell weg, daß die Bären es nicht einholen konnten.

Tolstoj

Der Bär

Der Bär hatte drei Bärenkinder,
und die Bärenkinder hatten vier Teddybären,
und die Teddybären hatten fünf Waschbären,
und die Waschbären spielten den ganzen Tag
und wuschen sich im kühlen Wasser.

Andreas, 7 Jahre

Ein Kind sagte zu seiner Mutter in der Wildnis: ich habe Angst in der dunklen Nacht, denn aus der Schwärze erscheint mir ein riesenhaftes Gespenst, vor dem ich mich fürchte. Die Mutter sagte: Sei nicht bange; wenn du jenes Gespenst siehst, dann greife es mutig an, und es wird sich zeigen, daß du es dir nur eingebildet hast. Das Kind sagte: O Mutter, wenn aber das Gespenst von seiner Mutter die gleiche Belehrung bekommt, was soll ich dann tun?

Aus dem Persischen

Ach, Mutter, schau, was ist im Mond?«
Nu, siehst du nicht? ein Mann.
»Ach richtig, ja, ich seh ihn schon,
Er hat 'nen Kittel an.«

Ludwig Richter

Du stehst hier auf dem Hügel mit offenem Munde, und es will dir eine gebratene Taube hineinfliegen, und du willst das nicht haben.

In solchen Umständen könntest du nun freilich die Sturmglocke in Schlaraffenland anziehen, daß alle Leute mit Leitern und Ofengabeln kämen, und gegen die gebratene Taube aufmarschierten. Du kannst aber viel kürzer dazu kommen. Machs Maul zu; so kann sie nicht hinein.

Matthias Claudius

Ich bin der Sperling.
Kinder, ich bin am Ende.
Und ich rief euch immer im vergangenen Jahr
Wenn der Rabe wieder im Salatbeet war.
Bitte um eine kleine Spende.
Sperling, komm nach vorn.
Sperling, hier ist dein Korn.
Und besten Dank für die Arbeit!

Ich bin der Buntspecht.
Kinder, ich bin am Ende.
Und ich hämmere die ganze Sommerzeit
All das Ungeziefer schaffe ich beiseit.
Bitte um eine kleine Spende.
Buntspecht, komm nach vurn.
Buntspecht, hier ist dein Wurm.
Und besten Dank für die Arbeit!

Ich bin die Amsel.
Kinder, ich bin am Ende.
Und ich war es, die den ganzen Sommer lang
Früh im Dämmergrau in Nachbars Garten sang.
Bitte um eine kleine Spende.
Amsel, komm nach vorn,
Amsel, hier ist dein Korn.
Und besten Dank für die Arbeit!

Brecht

Die sehr gute Uhr

Es war einmal eine sehr gute Uhr namens Tick. Professor Horaz Hanns Moldovan hatte Tick eines Tages aus der Schweiz mitgebracht; das war zur Winterszeit und schon viele Jahre her.

Tick und der Professor wurden sehr gute Freunde, jeder verstand die Eigenheiten des anderen.

Professor Horaz Hanns Moldovan hatte es nicht gern, wenn man ihn ›Professor Horaz‹ nannte, also nannte Tick ihn zunächst ›Professor Moldovan‹ und später dann, als sie Freunde waren, ›Professor Hanns‹, was den Professor außerordentlich erfreute.

Tick stand immer auf einem Tisch neben dem Kamin; das war sein Lieblingsplatz. Jeden Abend um Viertel nach zehn beendete der Professor seine Arbeit am Schreibtisch, kam herüber und zog Tick auf und lauschte, ob Ticks Herz auch gesund schlug. Dann stellte er seine Armbanduhr nach Ticks Zeit und danach alle anderen Uhren im Haus. »Du bist eine sehr gute Uhr, Tick«, sagte er eines Abends. »Du bist immer pünktlich und gehst niemals vor oder nach. Du bist wirklich mein zuverlässigster Freund.«

»Das freut mich zu hören, Professor Hanns«, antwortete Tick, »und mein Großvater, der in einem Schloß auf einem Berggipfel in Österreich wohnt, wäre sehr stolz auf mich, wenn er das auch gehört hätte.«

»Um ehrlich zu sein, Tick«, sagte Professor Hanns, »ich mache mir sonst nicht viel aus Großvater-Uhren. Sie sind so hoch, daß man ihr Gesicht nicht sehen kann und was darin vorgeht. Aber dein Großvater muß schon eine besondere Uhr sein; außerdem ist es immer gut, Verwandte zu haben, die in Schlössern leben.« Jeden Donnerstagabend blieb Professor Hanns, nachdem er alle Uhren im Haus gestellt und aufgezogen hatte, anstatt ins Bett zu gehen, bis nach Mitternacht auf und unterhielt sich mit seinen vier Freunden, die zu Besuch kamen. Sie hießen:

1. Professor Serge Baldwin Parker
2. Professor Norman Bailee
3. Professor Raymond Offenbach
4. Professor Maximilian Rosmini

Alle vier Professoren waren ebenso klug und berühmt wie Professor Hanns. Und alle waren sehr nett zu Tick, denn sie wußten, er war Professor Hanns' bester Freund und sehr zuverlässig. Tick lauschte eifrig, wenn die fünf Professoren miteinander sprachen.

Sie unterhielten sich über interessante Dinge, über den Mond und die Sterne, und schienen soviel darüber zu wissen, daß Tick glauben mußte, sie hätten alle Planeten des Himmels selbst besucht.

Eines Donnerstagsabends sagte Professor Norman Bailee, der aus dem Norden kam, zu Tick: »Weißt du, Tick, du bist der Klügste von uns allen, denn nur du kennst die genaue Zeit, ohne auf die Uhr zu sehen.«

Alle Professoren pflichteten dem bei.

»Keiner von uns«, sagte Professor Hanns, »kann ohne Uhr jemals *genau* wissen, wie spät es ist. Aber Tick weiß es *immer.*« Dabei schaute er bewundernd auf seinen Freund Tick, der ihm zur Seite auf dem Tisch stand. (Tick war eine schlichte, kräftige, hölzerne Uhr mit einem runden weißen Gesicht und schlanken schwarzen Zeigern.)

Tick dankte den Professoren herzlich für das Kompliment und sagte, daß sein Großvater stolz wäre, wenn er das auch gehört hätte. Er fügte hinzu: »Ohne die Hilfe und Sorgfalt meines Freundes Professor Hanns, der mich jeden Abend genau um Viertel nach zehn aufzieht, würde ich natürlich nicht mehr lange pünktlich gehn.«

»Aber«, sagte Professor Serge Baldwin Parker, der ebenfalls aus dem Norden kam, »wenn du nicht wärst, Tick, wie könnte Professor Hanns je sicher wissen, wann es Viertel nach zehn ist?«

Niemand konnte die Frage beantworten. Nach einer Weile sagte Professor Maximilian Rosmini, der aus dem Süden kam, er habe einen wichtigen Vorschlag zu unterbreiten.

»Ich schlage vor«, sagte er, »daß Tick, der so gescheit ist wie jeder von uns, von nun an ›Professor Tick‹ genannt werden soll. Wir wollen gleich morgen die Urkunde aufsetzen. Wir werden sie alle fünf unterzeichnen und Tick zum neuen Professor ernennen.«

Alle anderen vier Professoren sagten, das sei eine glänzende Idee, und Professor Raymond Offenbach, der aus dem Nord-Nord-Osten kam, klatschte Beifall und rief: »Vivat Professor Tick!«

Daraufhin hielt Tick eine Rede. »Ich bin von Eurem Vorschlag sehr gerührt«, sagte Tick, »und ich weiß, mein Großvater wäre es auch. Aber ich fürchte, als Professor Tick die Freundschaft aller Uhren des Hauses zu verlieren.

Seht, wenn Professor Hanns morgens ausgeht, um den ganzen Tag seinen Professoren-Sessel in der Universität einzunehmen, und wenn die Räume geputzt sind, dann ist es im ganzen Haus still – bis auf das Ticken der Uhren in allen Zimmern. Dann unterhalten wir uns und erzählen uns Geschichten aus dem Leben.

Treppauf und -ab besprechen wir, tick tack, die Neuigkeiten, einige in atemloser Hast und einige mit schüchternem Klack.

Die Küchenuhr hat natürlich ein lockeres Mundwerk. Sie bäbbelt andauernd und mit ihrer höchsten Fistelstimme. Am liebsten mag ich Pepita, die spanische, perlmuttschimmernde, verlassene Uhr in dem leeren Schlafzimmer. Ich lieb sie besonders, wenn ihr Herz einen Schlag lang aussetzt.

Meine Herren Professoren, mein Großvater lehrte mich ein altes Wort: ›Herz spricht zum Herzen.‹ Das gilt für alle von uns in diesem Haus.

Und deswegen, meine lieben und verehrten Professoren, muß ich leider ablehnen, Professor Tick zu werden. Meine Kameraden könnten nicht mehr dasselbe für mich empfinden. Sie würden denken, ich wäre zu erhaben, um weiterhin mit ihnen zu sprechen, und ich sähe mich von ihrer Gemeinschaft ausgeschlossen. Bitte haltet mich nicht für undankbar.«

Nachdem die Professoren Ticks Rede vernommen hatten, sagten sie, sie bewunderten ihn mehr denn je.

»Tick«, sagte Professor Hans, »ich wußte immer schon, daß du eine sehr gute Uhr bist. Jetzt denke ich noch höher von dir. Es stimmt, die anderen Uhren im Haus sind nicht so genau wie du. Darum ist es besonders hochherzig von dir, den Titel eines Professors auszuschlagen, um ihretwillen schlicht Tick zu bleiben.«

Tick lächelte und wies auf Mitternacht. Als die vier Gäste aufbrachen, sagte er noch traumverloren: »Die bezaubernde, perlmuttschimmernde Waise, Pepita, in dem leeren Schlafzimmer hätte auch gar nicht gewußt, wie man das Wort ›Professor‹ ausspricht. Alles, was sie sagen kann, ist ›Tick, Tick, Tick‹. Den ganzen Tag sagt sie ›Tick, Tick, Tick‹ zu mir.«

Muriel Spark

In einem leeren Haselstrauch
da sitzen drei Spatzen, Bauch an Bauch.

Der Erich rechts und links der Franz
und mitten drin der freche Hans.

Sie haben die Augen zu, ganz zu,
und obendrüber da schneit es, hu!

Sie rücken zusammen dicht an dicht.
So warm wie der Hans hats niemand nicht.

Sie hör'n alle drei ihrer Herzlein Gepoch.
Und wenn sie nicht weg sind, so sitzen sie noch.

Morgenstern

Ein Lied hinterm Ofen zu singen

Der Winter ist ein rechter Mann
 kernfest und auf die Dauer;
Sein Fleisch fühlt sich wie Eisen an,
 Und scheut nicht süß noch sauer.

War je ein Mann gesund, ist er's;
 Er krankt und kränkelt nimmer,
Weiß nichts von Nachtschweiß noch Vapeurs,
 Und schläft im kalten Zimmer.

Er zieht sein Hemd im Freien an,
 Und läßt's vorher nicht wärmen;
Und spottet über Fluß im Zahn
 Und Kolik in Gedärmen.

Aus Blumen und aus Vogelsang
 Weiß er sich nichts zu machen,
Haßt warmen Drang und warmen Klang
 Und alle warme Sachen.

Doch wenn die Füchse bellen sehr,
 Wenn's Holz im Ofen knittert,
Und um den Ofen Knecht und Herr
 Die Hände reibt und zittert;

Wenn Stein und Bein vor Frost zerbricht
 Und Teich' und Seen krachen;

Das klingt ihm gut, das haßt er nicht,
  Denn will er sich tot lachen. –

Sein Schloß von Eis liegt ganz hinaus
  Beim Nordpol an dem Strande;
Doch hat er auch ein Sommerhaus
  Im lieben Schweizerlande.

Da ist er denn bald dort bald hier,
  Gut Regiment zu führen.
Und wenn er durchzieht, stehen wir
  Und sehn ihn an und frieren.

Matthias Claudius

Einer, der nichts merkte

Vor kurzer oder langer Zeit lebte einer, der nichts merkte. Auf nichts achtete er, alles war ihm sozusagen schnuppe. Hatte er etwa den Kopf voll wichtiger Gedanken? Mitnichten! Ganz gedankenlos und leer war er. Einmal verlor er sein ganzes Vermögen, aber er spürte es nicht, merkte es nicht. Es tat ihm auch gar nicht weh, denn wer nichts merkt, dem tut auch nichts weh. Wenn er seinen Schirm irgendwo liegenließ, merkte er es erst, wenn es regnete und er naß wurde. Vergaß er seinen Hut, so merkte er es erst, wenn ihm jemand sagte: »Wo haben Sie Ihren Hut, Herr Binggeli?« Er hieß Binggeli, aber er war nicht schuld, daß er so hieß. Er würde ebensogern etwa Liechti geheißen haben. Einmal fielen ihm die Schuhsohlen ab, er merkte es nicht, lief barfuß herum, bis ihn jemand auf die hervorragende Eigentümlichkeit aufmerksam machte. Man lachte ihn allenthalben aus, aber er merkte nichts davon. Seine Frau ging mit wem sie Lust hatte. Binggeli merkte nichts davon. Er ließ immer seinen Kopf hängen, ohne jedoch zu studieren. Man konnte ihm den Ring vom Finger, das Essen vom Teller, den Hut vom Kopf, Hosen und Stiefel von den Beinen, den Rock vom Leib, den Fußboden von den Füßen, die Zigarre von den Lippen, seine eigenen Kinder vor den Augen, und den Stuhl, auf dem er saß, wegstehlen, ohne daß er etwas merkte. Wie er eines schönen Tages so seines Weges ging, fiel ihm der Kopf ab. Der mußte wohl nicht fest genug auf seinem Halse gesessen sein, daß er so mir nichts, dir nichts herunterfallen konnte.

Binggeli merkte nicht, daß er keinen Kopf mehr hatte; kopflos ging er weiter, bis ihm jemand sagte: »Ihnen fehlt ja der Kopf, Herr Binggeli.« Aber Herr Binggeli konnte nicht hören, was ihm der andere sagte, denn da der Kopf abgefallen war, hatte er auch keine Ohren mehr. Da fühlte nun Herr Binggeli rein gar nichts mehr, roch, schmeckte, hörte, sah nichts und merkte nichts. Glaubst du das? Wenn du's recht hübsch glaubst, bekommst du zwanzig Rappen, damit kannst du dir etwas Schönes kaufen, nicht wahr.

Robert Walser

Bist du schon auf der Sonne gewesen?

Bist du schon auf der Sonne gewesen?
Nein? – Dann brich dir aus einem Besen
Ein kleines Stück Spazierstock heraus
Und schleiche dich heimlich aus dem Haus
Und wandere langsam in aller Ruh
Immer direkt auf die Sonne zu.
So lange, bis es ganz dunkel geworden.
Dann öffne leise dein Taschenmesser,
Damit dich keine Mörder ermorden.

Und wenn du die Sonne nicht mehr erreichst,
Dann ist es fürs erstemal schon besser,
Daß du dich wieder nach Hause schleichst.

Ringelnatz

Wünsche

Drei Wünsche?« sagte das kleine Mädchen. »Wunderbar! Genau, was ich brauche. Der Nachmittag war ungewöhnlich anstrengend.«

»So ist es«, sagte der Kobold. »Ich lasse meine Lampe neben deinem Bett stehen, und wenn du dir überlegt hast, welches dein erster Wunsch ist, rufe mich...«

»Ich möchte meinen ersten Wunsch sofort erfüllt haben.« Der Kobold verbeugte sich aus fließender Hüfte: »Zu deinen Diensten.« »Ich wünsche mir einen ganzen Koffer voll Schokoladen-Pfefferminztaler.«

»Dein Wunsch ist erfüllt, kaum hast du ihn genannt!« Den rechten körperlosen Arm verlängernd, zog der Kobold unter dem Bett einen großen, hübschen Koffer aus weichem, glänzendem, grauem Plastik hervor.

»Mm«, sagte das kleine Mädchen, hockte sich neben dem Koffer auf den Boden, öffnete die Schlösser, stieß den Deckel auf und begann zu essen.

»Mm«, sagte es noch einmal, kauend. »Nicht zu pfefferminzig, nicht zu süß. Ein sehr gutes Rezept, das.«

»Natürlich«, sagte der Kobold.

»Übernatürlich«, sagte das kleine Mädchen. »Ich ziehe diese Pfefferminztaler sogar den sehr guten von heute nachmittag vor. Die meisten davon mußte ich auf Anweisung der Kinderfrau meinen sogenannten ›kleinen Freunden‹ anbieten. Ich nehme an (das kleine Mädchen steckte noch einen Taler in den Mund und blickte schräg zum Kobold auf), du bist nicht handfest genug, um dich für Süßigkeiten zu interessieren.«

»So ist es.«

»Ich nehme weiterhin an, daß ich den Koffer später als Koffer benutzen kann. Er ist sehr schick, finde ich.«

»Der Koffer war mitgenannt in deinem Wunsch – also gehört er dir.«

»Gut«, sagte das kleine Mädchen und kaute weiter. »Laß deine Lampe auf meinem Nachttisch. Ich reibe den Griff, wenn ich mir wieder etwas wünschen will.«

»Zu Befehl«, sagte der Kobold und entschwand.

Eine Stunde später erschien er wieder. »Gehorsamst zur Stelle. Willst du deinen zweiten Wunsch aussprechen?«

Das kleine Mädchen blickte nicht auf. Es saß noch immer auf dem Fußboden, ließ den Kopf hängen und schwankte über dem leeren Koffer. »Ich wünsche, daß es mir wieder besser geht.«

»Dein Wunsch ist erfüllt, kaum hast du ihn genannt!«

»Das tut wohl«, sagte das kleine Mädchen und stand flink auf. »Mir war so schlecht, ich konnte kaum den Arm ausstrecken und den Griff deiner Lampe reiben.«

»So ist es«, sagte der Kobold. »Nun, wo es dir besser geht, wirst du gewiß sehr sorgfältig abwägen wollen, wie du deinen letzten Wunsch verwendest. Meine Lampe ist noch da ...«

»Ich will den dritten Wunsch jetzt erfüllt haben.«

»Wirklich? Solltest du nicht ...«

»Ich wünsche mir, daß von jetzt ab alle meine Wünsche erfüllt werden.«

»Du bist eine neunmalkluge kleine Kröte«, sagte der Kobold.

»So ist es«, sagte das kleine Mädchen.

»Jetzt muß ich dich also ewig bedienen«, sagte der Kobold, »ich kann nur hoffen, daß du bald stirbst und ich erlöst bin.«

»So leicht kommst du nicht davon. Ich wünsche mir, unsterblich zu sein.«

»Ewigkeit«, sagte der Kobold und stöhnte. »Eine Ewigkeit als Knecht einer Kröte!«

»Vielleicht bessere ich mich, wenn ich größer werde«, sagte das kleine Mädchen tröstend. »Meine Kinderfrau sagt manchmal, es besteht noch Hoffnung.«

»Wer mit acht Jahren schon ein perfektes Ekel ist, läßt wenig Gutes hoffen.«

»Nicht ich bin das Ekel«, sagte das kleine Mädchen kühl. »Ist dir noch nie aufgegangen, daß es seelische Grausamkeit ist, nur drei Wünsche und nicht mehr anzubieten?«

»Es ist so üblich.«

»Was für ein armseliger Grund. Ich gehe jetzt ins Bett. Wenn mir in der Nacht Wünsche einfallen, werde ich dich rufen! Bevor du entschwindest, fülle den Koffer wieder mit Schokoladen-Pfefferminztalern, nach dem gleichen hervorragenden Rezept, aber mit einer geschmacklosen Medizin gegen Magenbeschwerden.«

Der Kobold nickte niedergeschlagen zum Koffer hin. Er war wieder gefüllt.

»Gut«, sagte das kleine Mädchen und nahm einen Pfefferminztaler.

»Warum hast du mich mein Schicksal nicht gleich wissen lassen?« fragte der Kobold. »Warum hast du dir den Wunsch, daß alle deine Wünsche erfüllt werden, nicht als erstes gewünscht, du kleines Scheusal?«

»Für ein übernatürliches Wesen bist du ziemlich dumm«, antwortete das kleine Mädchen. »Wenn ich das getan hätte, hätte ich zwei wertvolle Wünsche vergeudet.«

Brigid Brophy

Wenn es Winter wird

Der See hat eine Haut bekommen,
So daß man fast drauf gehen kann,
Und kommt ein großer Fisch geschwommen,
So stößt er mit der Nase an.

Und nimmst du einen Kieselstein
Und wirfst ihn drauf, so macht es klirr
Und titscher – titscher – titscher – dirr...
Heißa, du lustiger Kieselstein!

Er zwitschert wie ein Vögelein
Und tut grad wie ein Schwälblein fliegen.
Doch endlich bleibt mein Kieselstein
Ganz weit, ganz weit auf dem See draußen liegen.

Da kommen die Fische haufenweis
Und schaun durch das klare Fenster von Eis
Und denken, der Stein wär etwas zum Essen.
Doch sosehr sie die Nase ans Eis auch pressen,
Das Eis ist zu dick, das Eis ist zu alt,
Sie machen sich nur die Nasen kalt.

Aber bald, aber bald
Werden wir selbst auf eignen Sohlen
Hinausgehen können und den Stein wieder holen.

Morgenstern

Der Bär auf dem Försterball

Der Bär schwankte durch den Wald, es war übrigens Winter; er ging zum Maskenfest. Er war von der besten Laune. Er hatte schon ein paar Kübel Bärenschnaps getrunken; den mischt man aus Honig, Wodka und vielen schwierigen Gewürzen. Des Bären Maske war sehr komisch. Er trug einen grünen Rock, fabelhafte Stiefel und eine Flinte auf der Schulter; ihr merkt schon, er ging als Förster.

Da kam ihm, quer über den knarrenden Schnee, einer entgegen: auch im grünen Rock, auch mit fabelhaften Stiefeln und auch die Flinte geschultert. Ihr merkt schon, das war der Förster.

Der Förster sagte mit einer tiefen Baßstimme: »Gute Nacht, Herr Kollege, auch zum Försterball?«

»Brumm«, sagte der Bär, und sein Baß war so tief wie die Schlucht am Weg, in die die Omnibusse fallen.

»Um Vergebung«, sagte der Förster erschrocken. »Ich wußte ja nicht, daß Sie der Oberförster sind.«

»Macht nichts«, sagte der Bär leutselig. Er faßte den Förster unterm Arm, um sich an ihm festzuhalten, und so schwankten sie beide in den Krug zum zwölften Ende, wo der Försterball stattfand. Die Förster waren alle versammelt. Manche Förster hatten Geweihe, die sie vorzeigten, und manche Hörner, auf denen sie bliesen. Sie hatten alle lange Bärte und geschwungene Schnurrbärte, aber die meisten Haare im Gesicht hatte der Bär.

»Juhu«, riefen die Förster und hieben den Bären kräftig auf den Rücken.

»Stimmung«, erwiderte der Bär und hieb die Förster auf den Rücken, und es war wie ein ganzer Steinschlag. »Um Vergebung«, sagten die Förster erschrocken, »wir wußten ja nicht, daß Sie der Oberförster sind.«

»Weitermachen«, sagte der Bär. Und sie tanzten und tranken und lachten; sie sangen, sie hätten so viel Dorst im grünen Forst. Ich weiß nicht, ob ihr es schon erlebt habt, in welchen Zustand man gerät, wenn man so viel tanzt und trinkt, lacht und singt. Die Förster gerieten in einen Tatendrang und der Bär mit ihnen; der Bär sagte: »Wir wollen jetzt ausgehn, den Bären schießen.«

Da streiften sich die Förster ihre Pelzhandschuhe über und schnallten sich ihre Lederriemen fest um den Bauch; so strömten sie in die kalte Nacht. Sie stapften durchs Gehölz. Sie schossen mit ihren Flinten in die Luft. Sie riefen Hussa und Hallihallo und Halali, wovon das eine so viel bedeutet wie das andere, nämlich gar nichts, aber so ist das Jägerleben. Der Bär riß im Vorübergehn eine Handvoll trockener Hagebutten vom Strauch und fraß sie. Die Förster riefen: »Seht den Oberförster, den Schelm«, und fraßen auch Hagebutten und wollten sich ausschütten vor Spaß. Nach einer Weile jedoch merkten sie, daß sie den Bären nicht fanden.

»Warum finden wir ihn nicht?« sagte der Bär, »er sitzt in seinem Loch, ihr Schafsköpfe.« Er ging zum Bärenloch, die Förster hinterdrein. Er zog den Hausschlüssel aus dem Fell, schloß den Deckel auf und stieg hinunter, die Förster hinterdrein.

»Der Bär ist ausgegangen«, sagte der Bär schnüffelnd, »aber es kann noch nicht lange her sein, es riecht stark nach ihm.« Dann torkelte er zurück in den Krug zum zwölften Ende und die Förster hinterdrein. Sie tranken gewaltig nach der Anstrengung, aber die Menge, die der Bär trank, war wie ein Schmelzwasser, das die Brücken fortreißt.

»Um Vergebung«, sagten die Förster erschrocken. »Sie sind ein großartiger Oberförster.«

Der Bär sagte: »Der Bär steckt nicht im Walde, und der Bär steckt nicht in seinem Loch; es bleibt nur eins, er steckt unter uns und hat sich als Förster verkleidet.«

»Das muß es sein«, riefen die Förster, und sie blickten einander mißtrauisch und scheel an.

Es war aber ein ganz junger Förster dabei, der einen verhältnismäßig kleinen Bart hatte und nur wenige Geweihe und überhaupt der Schwächste und Schüchternste war von allen. So beschlossen sie, dieser sei der Bär. Sie krochen mühsam auf die Bänke, stützten ihre Bärte auf die Tische und langten mit den Händen an der Wand empor.

»Was sucht ihr denn?« rief der junge Förster.

»Unsere Flinten«, sagten sie, »sie hängen leider an den Haken.«

»Wozu die Flinten?« rief der junge Förster.

»Wir wollen dich doch schießen«, antworteten sie, »du bist doch der Bär.«

»Ihr versteht überhaupt nichts von Bären«, sagte der Bär. »Man muß untersuchen, ob er einen Schwanz hat und Krallen an den Tatzen«, sagte der Bär.

»Die hat er nicht«, sagten die Förster, »aber, Potz Wetter!, Sie selbst haben einen Schwanz und Krallen an den Tatzen, Herr Oberförster.«

Die Frau des Bären kam zur Tür herein und war zornig.

»Pfui Teufel«, rief sie, »in was für Gesellschaft du dich herumtreibst.«

Sie biß den Bären in den Nacken, damit er nüchterner würde, und ging mit ihm weg.

»Schade, daß du so früh kamst«, sagte der Bär im Walde zu ihr, »eben hatten wir ihn gefunden, den Bären. Na, macht nichts. Andermal ist auch ein Tag.«

Peter Hacks

Mich dünkt, wir geben einen Ball,
sprach die Nachtigall.
So? sprach der Floh.
Was werden wir essen?
sprachen die Wespen.
Nudeln! sprachen die Pudeln.
Was werden wir trinken?
sprachen die Finken.
Bier! sprach der Stier.
Nein, Wein! sprach das Schwein.
Wo werden wir tanzen?
sprachen die Wanzen.
Im Haus! sprach die Maus.
Auf dem Tisch! sprach der Fisch.

Die Enten laufen Schlittschuh
auf ihrem kleinen Teich.
Wo haben sie denn die Schlittschuh her –
sie sind doch gar nicht reich?

Wo haben sie denn die Schlittschuh her?
Woher? Vom Schlittschuhschmied
Der hat sie ihnen geschenkt, weißt du,
für ein Entenschnatterlied.

Morgenstern

Vögel die nicht singen,
Glocken die nicht klingen,
Pferde die nicht springen,
Pistolen die nicht krachen,
Kinder die nicht lachen,
was sind das für Sachen?

Pasteten im Schnee

In einem kleinen alten Bauernhaus weit draußen auf dem Land leben eine kleine alte Frau und ein kleiner alter Mann.

Sie wohnen ganz allein in dem Haus mit vielen Hühnern und Küken.

Es schneit und schneit, und der Wind heult.

Da sagt die kleine alte Frau: »Es ist schrecklich einsam hier immer nur mit dir und den Hühnerchen. Ich würde so gern Leute einladen, viele Leute, und ein Fest geben.«

Der kleine alte Mann sagt: »Aber Frau, was redest du da? Bist du nicht gescheit? Wen willst du denn einladen, wir kennen doch keine Menschenseele. Und wenn wir jemand kennen würden, wer käme wohl zu deinem Fest bei diesem Wind und Schnee?« – Die kleine alte Frau schaut zum Fenster hinaus, und sie sieht, daß es draußen schneit und schneit, und sie hört den Wind heulen.

Und sie sagt: »Ich würde einen Kuchen backen und Kerzen rundherum stecken, und ich würde einen Spielmann bestellen, der uns aufspielen müßte. Wir würden schmausen und tanzen und scherzen. Ausgelassen wären wir, und leise vergnügt wären wir. Das gäbe ein Fest, sage ich dir!«

»Frau, sei doch gescheit«, sagt der kleine alte Mann. »Selbst wenn wir Leute kennen würden, und selbst wenn sie durch Wind und Schnee herkämen, wir haben kein Krüstchen und kein Krümchen Kuchen im Haus. Wir haben nicht mal einen Fingerhut voll Mehl, um einen zu backen.«

Draußen schneit und schneit es, und der Wind heult.

Drinnen macht die kleine alte Frau alle Lichter an, damit es im Haus nicht so einsam aussähe, und sie stellt das Radio an, damit es im Haus nicht so still sei.

Im Radio macht ein Mann Reklame für die KM-Bäckerei. Er sagt: »Für Ihre nächste Einladung bestellen Sie bitte die süßen, köstlichen, vorzüglichen, einfach himmlischen KM-Schokoladentörtchen. Und denken Sie daran: Die KM-Bäckerei liefert Ihnen Ihre köstlichen Torten, Pasteten, Napfkuchen, Brote, Zimtbrötchen und Eierwecken direkt ins Haus.

Also...
achten Sie auf das
poch-poch
poch-poch-poch
und öffnen Sie schnell, denn
poch-poch
poch-poch-poch
bedeutet: Der KM-Mann ist da!«

»Schokoladentörtchen«, seufzt die kleine alte Frau, »Zimtbrötchen, Eierwecken...«

Plötzlich bläst der Wind schärfer und schärfer. Er bläst die elektrischen Leitungen herunter, das Radio geht aus, alle Lichter gehen aus, und es wird dunkel in dem kleinen Haus.

Da zündet die kleine alte Frau Kerzen an. Sie hat eine Menge Kerzen, und sie zündet sie alle an und stellt sie auf den Tisch.

Der Tisch sieht aus wie ein großer Geburtstagskuchen, so viele Kerzen stehen rundherum.

»Ich wünschte, es wäre ein Kuchen«, sagt die kleine

alte Frau. »Ich wünschte, der Tisch wäre ein großer Kuchen und wir hätten eine Gesellschaft.«

»Hör auf, Frau«, sagt der kleine alte Mann. »Von Wünschen wird man nicht satt, und von Wünschen hört der Wind nicht auf zu blasen und der Schnee nicht zu schneien.«

Dann zieht er seine Gummistiefel an und seine Ohrenschützer und seine Fäustlinge.

»Wo gehst du hin bei diesem Schnee und Wind?« fragt die kleine alte Frau.

»Wir haben dreihundert Küken im Stall. Die hole ich jetzt ins Haus, damit sie's warm haben. Dreihundert piepsende Küken werden dir wohl Gesellschaft genug sein.«

»Die Küken«, sagt die kleine alte Frau. »Ja, hol die Küken. Aber Gesellschaft, nein, Gesellschaft ist das nicht.«

Und der kleine alte Mann geht zur Hintertür hinaus in den Stall durch den Schnee und den Wind. Horch!

Da klopft es an der Vordertür – poch-poch!

Die kleine alte Frau läuft zur Tür. ›Wer könnte das wohl sein‹, denkt sie, ›in einer solchen Nacht bei dem Schnee und dem Wind.‹

Sie öffnet die Tür.

Da treibt ein Windstoß einen Wirbel von Schnee in die Stube, und draußen steht ein Mann, der sagt: »Mein Wagen ist im Schnee steckengeblieben. Ich hab eine Menge Leute drin. Dürfen wir hereinkommen zu Euch, gute Frau, und uns wärmen, bis der Schneepflug kommt und den Weg räumt?«

»Kommt nur, kommt!« sagt die kleine alte Frau. »Holt die Leute aus dem Wagen und herzlich willkommen.«

Und sie schaufelt Schnee in einen Topf und setzt ihn auf den Herd, um einen Tee zu machen.

Der Mann geht zu seinem Wagen und kommt zurück mit seiner Frau, seiner Mutter und seinen drei Brüdern. Und seine Frau hält einen winzigen Säugling auf dem Arm.

Der kleine alte Mann bringt gerade einen Korb voll piepsender Küken herein. Er sagt: »Willkommen, willkommen, macht's Euch bequem. Meine kleine alte Frau hat sich schon so nach Gesellschaft gesehnt.«

Dann nimmt er eine Kiste und geht wieder zur Hintertür hinaus, um noch mehr Küken zu holen.

Horch!

Da klopft es an der Haustür – poch-poch!

Die kleine alte Frau läuft zur Tür, und da steht ein Mann im Schnee und im Wind mit seiner Frau und ihren Zwillingssöhnen und noch ein anderer Mann mit einem großen Jagdhund.

Ihr Wagen ist auch im Schnee steckengeblieben, und sie müssen auf den Schneepflug warten.

»Kommt herein«, sagt die kleine alte Frau, »und willkommen. Es ist genug heißer Tee da. Nur zu essen haben wir nichts; kein Krümchen Kuchen und kein Krüstchen Brot.« Als der kleine alte Mann zurückkommt mit der Kiste voll piepsender Küken, sind schon elf Erwachsene, ein Säugling, zwei kleine Buben und ein großer Jagdhund im Haus.

»Willkommen, willkommen«, sagt der kleine alte Mann. »Meine kleine alte Frau hat sich so nach Gesellschaft gesehnt.« Und dann geht er noch einmal hinaus, um die übrigen Küken zu holen.

Draußen schneit und schneit es, und der Wind heult, und die Fremden sind froh, daß sie in der warmen Stube sind. Aber horch!

Da klopft schon wieder jemand an die Haustür – poch-poch!

Die kleine alte Frau läuft zur Tür, und da stehen wieder Leute. Noch drei Autos sind im Schnee steckengeblieben und müssen auf den Schneepflug warten.

»Herein, herein«, sagt die kleine alte Frau, »und willkommen

Der kleine alte Mann kommt mit einer Kiste voll piepsender Küken durch die Hintertür, und er zählt 27 Erwachsene, 5 Kinder, 2 Säuglinge, 3 Hunde und einen Papagei. »Willkommen, willkommen«, sagt der kleine alte Mann. »Meine kleine alte Frau freut sich, daß Gäste da sind.«

Horch!

Es klopft an die Haustür – poch-poch!

Die kleine alte Frau läuft zur Tür, und der kleine alte Mann läuft hinter ihr drein.

Da steht ein einziger Mann vor der Tür im Wind und im Schnee. Er sagt: »Es schneit und schneit, und der Wind pfeift, und mein Bus ist im Schnee steckengeblieben. Darf ich bei Euch warten, bis der Schneepflug kommt?«

»Herein, herein«, sagt die kleine alte Frau, »und willkommen!«

Der Autobusfahrer geht zu seinem Bus und kommt zurück mit 42 Erwachsenen, 7 Kindern, 3 Säuglingen, 2 Hunden, einem Kanarienvogel und einem kleinen zahmen Stinktier.

»Willkommen«, sagt der kleine alte Mann. »Gut, daß Ihr da seid. Meine kleine alte Frau hat sich schon so nach Gesellschaft gesehnt.«

»Wenn doch nur ein Krüstchen Brot oder ein Krümchen Kuchen im Haus wäre«, seufzt die kleine alte Frau. »Da – schon wieder!«

poch-poch an der Haustür und poch-poch an der Hintertür.

Die kleine alte Frau läuft an die Haustür, und der kleine alte Mann läuft an die Hintertür.

Vor der Haustür steht der Mann mit dem Schneepflug. »Mein Schneepflug ist im Schnee steckengeblieben«, sagt er. Und dann kommt er ins Haus, um auf die anderen Schneepflüge zu warten.

An der Hintertür sind noch mehr Leute, die im Schnee steckengeblieben sind.

»Herein, herein« und »willkommen«, sagen die kleine alte Frau und der kleine alte Mann.

Die ganze Nacht hindurch kommen Leute und klopfen an die Tür.

Jetzt sind es zusammen 84 Erwachsene, 17 Kinder, 7 Säuglinge, 6 Hunde, ein Katze, ein Papagei, ein Kanarienvogel und ein kleines zahmes Stinktier.

Draußen schneit und schneit es und der Wind heult.

Drinnen schreien die Säuglinge, die Hunde kläffen, die Hühnerchen piepsen, die Mütter zanken.

»Es ist ein Jammer«, sagt die kleine alte Frau. »Wirklich ein Jammer. So viele Leute und kein Fest. Wenn nur ein Krüstchen Brot oder ein Krümchen Kuchen im Haus wäre, oder ein bißchen Musik.«

Da horch!

Es klopft. Es klopft so besonders –
poch-poch
poch-poch-poch
poch-poch
poch-poch-poch
Die kleine alte Frau läuft ganz schnell zur Tür.

Da steht der KM-Mann. Der Mann von der KM-Bäckerei. Sein Lieferwagen ist im Schnee steckengeblieben, gerade vor ihrer Tür.

»Nur herein«, sagt die kleine alte Frau, »und willkommen.« Der KM-Mann tritt in die Stube, schaut rundherum in all die vielen Gesichter, und dann sagt er: »Ihr seht ja alle mächtig hungrig aus.«

Und die kleine alte Frau sagt: »Es ist kein Krüstchen und kein Krümchen zu essen im Haus, aber wenn Ihr trotzdem hereinkommen und Euch wärmen wollt, so seid Ihr willkommen.«

Da sagt der KM-Mann: »Wer hilft mir? Wer hilft mir, meinen Lieferwagen ausladen?« Und dann nimmt er ein paar Kinder mit und ein paar von den großen Männern. Das ist ein richtiger Festzug!

Zuerst kommen die Tabletts mit den Brötchen. Rösche, knusprige Brötchen, braun und glänzend; zarte Milchbrötchen, weiß überpudert; Mohnbrötchen, Eierwecken, kleine Brötchen wie Zöpfe geflochten; weiche runde Brötchen, die aussehen wie Kinderpopos.

Dann kommen die Zimtschnecken. Einen Duft haben die, wie Frühling.

Dann kommt ein ganzer Zug mit Pasteten. Zitronenpasteten, Kirschpasteten, Apfelpasteten, Kokoskrempasteten, Schokoladenpasteten.

Dann kommen die Napfkuchen mit rosa Zuckerguß, weißem Zuckerguß, dickem Schokoladenguß.

Die kleine alte Frau springt von einem Bein auf das andere und klatscht in die Hände.

»Ein Fest«, sagt sie, »das wird ein richtiges Fest.«

»Na«, sagt der KM-Mann, »wenn das ein Fest werden soll, dann bringe ich gleich noch meine Spezial-Festtags-Schokoladen-Schaumtorte.«

Er bringt sie, und die kleine Frau stellt Kerzen rundherum. Ein junger Mann macht lustige Hüte aus Zeitungspapier, und dann schmausen alle nach Herzenslust.

Dann holt der Ziehharmonikaspieler seine Ziehharmonika und spielt so lustig, daß keiner stillsitzen kann. Alle stampfen mit den Füßen zur Musik. Sogar die Säuglinge drehen ihre kleinen Patschhände im Takt.

Jetzt spielt der Musikant einen Walzer, und der kleine alte Mann faßt seine kleine alte Frau um die Taille und walzt mit ihr dahin, bis beide ganz atemlos sind (was gar nicht lange dauert), und alle klatschen in die Hände und fangen auch zu tanzen an.

Der Ziehharmonikaspieler spielt und spielt. Er spielt ›Du, du, liegst mir im Herzen‹, und er spielt ›Zu Lauterbach hab ich mein' Strumpf verlorn‹, und er spielt ›O du lieber Augustin‹. Er kennt hundert Lieder, und er spielt sie alle. Es ist ein Fest, ein richtiges Fest mit Schmausen, Tanzen und Scherzen. Ausgelassen geht es zu, und leise vergnügt geht es zu.

Es ist ein großartiges Fest.

Das Fest dauert bis zum Mittag. Da hört es auf zu schneien und zu stürmen, und der Schneepflug kommt und räumt den Weg.

Alle sagen Lebewohl zu der kleinen alten Frau und zu dem kleinen alten Mann, und sie sagen, daß es das schönste Fest ihres Lebens war.

Die kleine alte Frau ist zufrieden und glücklich; sie ist müde und schläfrig. Sie legt ihren Kopf auf den Tisch neben eine Kokoskrempastete und schläft fest ein …

… und träumt das ganze Fest noch einmal.

Beatrice Schenk de Regniers

Schlaf, Kindlein, feste!
Wir kriegen fremde Gäste.
Die Gäste, die da kommen drein,
das sind die lieben Engelein.
Schlaf, Kindlein, feste!

Zwei Kinder

Sie spielten als Kinder vorm selben Haus
Verstecken und Greifen im Hofe.
Dann trug der eine Zeitungen aus,
der andre bekam eine Zofe.

Der eine hatte die Hüll und die Füll
des Flitterkrams und des Süßen!
Der andre war immer verträumt und still
und ging ohne Schuh an den Füßen.

Und lag noch der eine im süßen Traum,
schürt jener schon Kohlen zu Flammen.
Sie wurden größer und begrüßten sich kaum –
was sollten die zwei auch zusammen!

Babuschka und die drei Könige

Vor vielen, vielen Jahren, da stand einmal ein kleines Haus ganz allein zwischen den Wiesen und Feldern. Dort wohnte die alte Babuschka.

Im Sommer sangen die Vöglein im Apfelbaum, aber im Winter war alles still.

Auf den Wiesen und Feldern lag der Schnee.

An einem Wintertag fegte und putzte Babuschka wieder einmal ihr kleines Haus. Weil sie allein war und viel Zeit hatte, fegte und putzte sie oft so lange, bis es allmählich dunkel wurde.

Plötzlich blieb Babuschka mitten in der Stube stehen. Durch Schnee und Wind hatte sie deutlich die Stimmen von Menschen gehört. Es mußten sehr viele sein.

Babuschka hörte sie näher kommen.

Als Babuschka aus dem Fenster sah, wollte sie kaum ihren Augen trauen. Da kamen zuerst drei weiße Pferde, die einen prächtig geschmückten Schlitten zogen. Drei Männer saßen in dem Schlitten. Sie waren bunt und fremdländisch angezogen.

Jeder von ihnen trug eine schwere Krone, mit Edelsteinen reich verziert. Dann kamen noch viele Männer zu Pferd oder zu Fuß, es war eine lange Reihe, und die ersten standen schon vor Babuschkas kleinem Haus.

Als es an die Tür klopfte, hätte Babuschka sich gern versteckt. Sie fürchtete sich und wartete lange. Dann aber zog sie den Riegel zurück und trat vor das Haus. Waren es Könige, die vor der Tür standen? Dunkel erinnerte sich Babuschka, daß man Menschen, die eine Krone trugen, Könige nannte. Waren sie streng und böse, wie man ihr erzählt hatte?

Aber da lächelte einer der drei Fremden und sagte freundlich: »Fürchte dich nicht! Wir sind einem hellen Stern gefolgt und suchen den Ort, wo ein Kind geboren wurde, das uns allen Freude und Erlösung bringt. Willst du nicht mitgehen, Babuschka? Wir haben den Weg verloren im tiefen Schnee. Hilf uns den Weg wiederfinden, damit wir dem Kind unsere Gaben bringen!«

Der kurze Wintertag ging schon dem Ende zu. Babuschka sah in das Schneegestöber hinaus. »Kommt in die Stube und wärmt euch! Ich mache erst noch die Arbeit im Haus fertig. Morgen werde ich gewiß mit euch gehen.«

Doch die drei Könige wandten sich ab. »Wenn du nicht mitkommen kannst, Babuschka, wir müssen gleich wieder aufbrechen. Für uns gibt es keinen Aufenthalt.«

Babuschka sah ihnen lange nach. Mit allen, die bei ihnen waren, zogen sie wieder durch Wind und Schnee über das weite Land.

Babuschka war in ihr Haus zurückgekehrt und hatte die letzten Ecken sauber gemacht. Noch lange aber saß sie am Tisch und dachte daran, was die drei Könige ihr von dem neugeborenen Kind erzählt hatten: daß es allen Menschen Freude und Erlösung bringen werde. »Wenn ich doch mitgegangen wäre«, dachte Babuschka, »ich hätte das auserwählte Kind mit eigenen Augen gesehen.« Und sie bereute nun, daß sie zurückgeblieben war. Auch als sie sich zum Schlafen niederlegte, fand Babuschka keine Ruhe. Sie konnte den Morgen kaum erwarten. Tief im Herzen hatte sie nur noch den einen Wunsch, das Kind zu finden und ihm Geschenke darzubringen, wie es die Könige tun wollten.

Schon in der ersten Tagesfrühe machte sich Babuschka auf den Weg. Sie trug in der Reisetasche die wenigen kleinen Geschenke, die sie in ihrer Hütte gefunden hatte. Auch wenn sie nicht kostbar waren, so hoffte Babuschka doch, daß sich das Kind darüber freuen würde.

Sie trat aus dem Haus und suchte die Spuren im Schnee, die ihr den Weg der Könige zeigen sollten, aber der Wind hatte die Spuren längst verweht.

So ging sie allein und ohne Hilfe in das verschneite Land hinein, klopfte an viele Türen und fragte: »Sind drei Könige hier vorbeigekommen? Kennt ihr das auserwählte Kind und wißt ihr, wo es geboren wurde?« Aber nicht einer von allen konnte ihr Antwort geben.

Fremde Kinder spielten im Schnee. Babuschka sah ihnen gerne zu. Seitdem sie hinausgezogen war, um das eine Kind zu suchen, hatte sie alle Kinder liebgewonnen. Aber nicht lange durfte sie stehenbleiben.

Babuschka wanderte weiter.

Schritt für Schritt, den Stock in der Hand, wanderte sie von Dorf zu Dorf. Freundlich wurde sie aufgenommen, aber vergeblich fragte sie überall:

»Wißt ihr den Weg zu dem auserwählten Kind?«

Und weiter stapfte die alte Babuschka über das schneebedeckte Land. Die Wege sind weit in diesem Land, und niemand weiß, ob sie das Kind gefunden hat.

Aber die Leute erzählen, daß bis auf den heutigen Tag, wenn es Winter geworden ist, eine alte Frau durch die Straßen und Gassen geht.

Sie schaut in die Stuben hinein, und manchmal finden

die Kinder am anderen Tag ein kleines Geschenk auf der Fensterbank, nur eine Zuckerstange oder ein einfaches Spielzeug.

Die gute alte Babuschka ist in der Dunkelheit an ihrem Haus vorbeigekommen.

Paul Schaaf

Der Weihnachtsbaum

Es war Heiligabend, und der Weihnachtsbaum stand fertig geschmückt für die Feiertage da. Aber kaum waren alle zu Bett gegangen, als die Spielsachen, die am Baum hingen, miteinander zu reden und zu tuscheln begannen.

»Es wäre doch ein rechter Spaß«, sagten sie, »wenn wir alle heruntersteigen und uns verstecken würden.«

Sie kletterten also alle vom Baum herunter und ließen ihn ganz kahl zurück und versteckten sich – einige hinter den Schränken, und einige hinter den Heizröhren, und einige hinter den Büchern auf den Regalen im Wohnzimmer und wo es ihnen sonst noch einfiel.

Am ersten Feiertag kamen die Kinder herunter und wünschten einander fröhliche Weihnachten: aber als sie ihren entzückenden Baum ganz kahl dastehen sahen mit nicht einmal einem einzigen Knallbonbon mehr daran, da weinten und weinten sie heiße Tränen.

Als sie die Kinder weinen hörten, schämten sich die Spielsachen gehörig wegen des unartigen Streichs, den sie ihnen gespielt hatten: trotzdem aber mochten sie nicht recht aus ihren Verstecken hervorkommen, während jemand herumstand. Sie warteten also, bis alle in die Kirche gegangen waren, und dann schlüpften sie hervor.

»Ich weiß!« sagte die Arche Noah und sprach mit all ihren Stimmen zugleich, »ich hab' eine Idee!«

Sie führte also die andern Spielsachen zum Haus hinaus und in die Stadt, und da trennten sie sich und suchten sich ihren Weg durch die Hintertür in jeden Spielzeugladen und in jeden Süßigkeitsladen. Einmal drinnen, luden sie alle Spielsachen und alle Süßigkeiten zu einer großen Gesellschaft ein, die sie gäben, und führten sie zurück zum Haus. »Hier ist es, wo wir unsere Gesellschaft geben«, sagten sie und zeigten auf den Weihnachtsbaum. So kletterten denn alle die neuen Spielsachen zu den Zweigen des Baums hinauf und hängten sich dran. Es war wahrhaftig kaum genug Platz für sie alle, denn es waren nun zehnmal soviel da als vorher.

Die ganze Zeit in der Kirche hatten die Kinder still hinter ihren Gesangbüchern in sich hinein geweint und waren noch immer ziemlich traurig, als sie nach Haus kamen; aber als sie ihren Weihnachtsbaum erblickten mit zehnmal soviel Geschenken daran, als vorher dagewesen waren, und mit zehnmal soviel Kerzen, die einander lieblich anstrahlten, da lachten sie und klatschten in die Hände und jauchzten vor Freude und sagten, in ihrem ganzen Leben hätten sie noch niemals einen so bezaubernden Weihnachtsbaum gesehen!

Richard Hughes

Gar fern am stillen Waldessaum
Da steht ein junger Tannenbaum,
Der Wind streicht durch sein grünes Kleid –
Wie lange wird ihm doch die Zeit!

Da plötzlich kam zum grünen Tann
Mit blanker Axt ein finst'rer Mann,
Der schlägt die zarte Tanne um,
Sagt nicht wohin und nicht warum.

Der hat sie auf den Schlitten sacht
Zum Christmarkt in die Stadt gebracht,
Wo bunt die Leut des Weges wandeln,
Ein reicher Herr that sie erhandeln.

Und als der heilige Abend war,
Da jubelt laut die kleine Schar,
Da strahlt der Christbaum hell von Kerzen,
Voll Spielzeug und voll Zuckerherzen.

Das Zuckerzeug war bald verzehrt,
Da ward der Christbaum abgeleert,
Wehmütig steh'n herum die Kleinen:
Auf's Jahr erst gibt es wieder einen.

Drei Tage nach dem heil'gen Christ,
Da lag er draußen auf dem Mist,
Der Wind strich durch sein grünes Kleid,
Dahin – ist alle Herrlichkeit.

Armer, kleiner Jäck
sitzt im Ofeneck,
ißt ein Pastetchen,
find' ein Rosinchen,
nimmt es heraus,
die Weihnacht ist aus.

Ich wünsch gute Nacht,
von Rosen ein Dach,
von Zimt eine Tür,
von Rosmarin einen Riegel dafür.

Der Tannenbaum

Draußen im Walde stand ein niedlicher Tannenbaum; er hatte einen guten Platz, die Sonne konnte zu ihm dringen, Luft war genug da, und rundumher wuchsen viele größere Kameraden, Tannen und Fichten. Aber der kleine Tannenbaum wollte nur immer wachsen und wachsen; er dachte nicht an den warmen Sonnenschein und die frische Luft, bekümmerte sich nicht um die Bauernkinder, die dort gingen und plauderten, wenn sie draußen im Walde umherschwärmten, um Erdbeeren und Himbeeren zu sammeln. Oftmals kamen sie mit einem ganzen Topfe voll oder hatten Erdbeeren auf Strohhalme gezogen. Dann setzten sie sich neben das Bäumchen und sagten: »Nein, wie niedlich klein ist der!« Das gefiel dem Baume durchaus nicht.

Im nächsten Jahre war er schon um einen langen Schuß größer, und das Jahr darauf war er wieder noch um einen länger; denn bei einem Tannenbaume kann man, sobald man zählt, wie oft er einen neuen Trieb angesetzt hat, genau die Jahre seines Wachstums berechnen.

»Oh, wäre ich doch ein so großer Baum wie die anderen!« seufzte das Bäumchen. »Dann könnte ich meine Zweige weit ausbreiten und mit dem Gipfel in die weite Welt hinausschauen! Dann würden die Vögel ihre Nester zwischen meinen Zweigen bauen, und wenn es stürmte, könnte ich so vornehm nicken wie dort die anderen.« Weder der Sonnenschein noch die Vögel oder die roten Wolken, die morgens und abends über ihn hinsegelten, machten ihm Freude. War es nun Winter und Schnee lag ringsherum blendend weiß, dann kam oft ein Hase angesprungen und setzte gerade über das Bäumchen fort. Oh, das war empörend! Aber zwei Winter verstrichen und im dritten war der Baum schon so hoch, daß der Hase um ihn herumlaufen mußte. Oh, wachsen, wachsen, groß und alt werden, das ist doch das einzig Schöne in der Welt! dachte der Baum.

Im Spätherbst erschienen regelmäßig Holzhauer und fällten einige der größten Bäume. Das geschah jedes Jahr, und den jungen Tannenbaum, der nun schon tüchtig in die Höhe geschossen war, befiel Zittern und Beben dabei, denn mit Gepolter und Krachen stürzten sie zur Erde, die Zweige wurden ihnen abgehauen, sie sahen nun ganz nackt, lang und schmal aus, sie waren kaum noch wiederzuerkennen. Dann aber wurden sie auf Wagen gelegt, und Pferde zogen sie von dannen zum Wald hinaus.

Wohin sollten sie? Was stand ihnen bevor?

Als im Frühjahr die Schwalbe und der Storch kamen, fragte sie der Baum: »Wißt ihr nicht, wohin sie geführt wurden? Seid ihr ihnen nicht begegnet?«

Die Schwalbe wußte nichts, doch der Storch sah sehr nachdenklich aus, nickte mit dem Kopfe und sagte: »Ja, ich glaube fast; mir begegneten auf meiner Rückreise von Ägypten viele neue Schiffe. Auf denselben standen prächtige Mastbäume; ich darf wohl behaupten, daß sie es waren; sie verbreiteten Tannengeruch. Ich kann vielmals grüßen, sie überragen alles, sie überragen alles!«

»Oh, wäre ich doch auch groß genug, um über das Meer hinzufliegen. Wie ist es eigentlich, dieses Meer, und wem ähnelt es?«

»Ja, das ist etwas weitläufig zu erklären!« sagte der Storch und ging.

»Freue dich deiner Jugend!« sagten die Sonnenstrahlen. »Freue dich deines Wachstums, des jungen Lebens, das dich erfüllt!«

Und der Wind küßte den Baum, und der Tau weinte Tränen über ihn, allein der Tannenbaum verstand es nicht. In der Weihnachtszeit wurden ganz junge Bäume gefällt, Bäume, die nicht einmal so groß waren, noch in demselben Alter standen wie dieses Tannenbäumchen, das weder Ruh noch Rast hatte, sondern nur immer weiter wollte. Diese jungen Bäumchen, und es waren gerade die allerschönsten, behielten immer ihre Zweige, sie wurden auf Wagen gelegt, und Pferde zogen sie aus dem Walde.

»Wohin sollen sie?« fragte der Tannenbaum. »Sie sind nicht größer als ich, ja, da war sogar einer, der noch weit kleiner war. Weshalb behielten sie alle ihre Zweige? Wo fahren sie hin?«

»Das wissen wir, das wissen wir!« zwitscherten die Sperlinge.

»Unten in der Stadt haben wir zu den Fenstern hineingeschaut. Wir wissen, wohin sie fahren! Oh, sie gelangen zur größten Pracht und Herrlichkeit, die sich denken läßt! Wir haben zu den Fenstern hineingeschaut und gesehen, daß sie mitten in die warme Stube hineingepflanzt und mit den herrlichsten Sachen, mit vergoldeten Äpfeln, Honigkuchen, Spielzeug und vielen hundert Lichtern ausgeschmückt wurden!«

»Und dann?« fragte der Tannenbaum und bebte in allen Zweigen. »Und dann? Was geschieht dann?«

»Ja, mehr haben wir nicht gesehen, es war unvergleichlich!«

»Ob auch mir dieses Los zufallen wird, diesen strahlenden Weg zu gehen?« jubelte das Bäumchen. »Das ist noch besser, als über das Meer zu gehen. Wie mich die Sehnsucht verzehrt! Wäre es doch Weihnachten! Jetzt bin ich hoch und erwachsen wie die anderen, welche das letztemal fortgeführt wurden. Oh, wäre ich erst auf dem Wagen! Wäre ich erst in der warmen Stube mit all ihrer Pracht und Herrlichkeit! Und dann? Ja, dann kommt noch etwas Besseres, noch Schöneres, weshalb würde man mich sonst so ausschmücken! Da muß noch etwas Größeres, noch etwas Herrlicheres kommen ...! Aber was? Oh, ich leide, mich verzehrt die Sehnsucht; ich weiß selber nicht, wie mir zumute ist!«

»Freue dich meiner!« sagten die Luft und der Sonnenschein; »freue dich deiner frischen Jugend draußen im Freien!«

Aber das Bäumchen freute sich gar nicht; es wuchs und wuchs, Winter und Sommer stand es grün; dunkelgrün stand es da! Die Leute, die es sahen, sagten: »Das ist ein hübscher Baum!« und zur Weihnachtszeit wurde er zuerst von allen gefällt! Die Axt hieb tief durch das Mark; der Baum fiel mit einem Seufzer zu Boden. Er fühlte einen Schmerz, eine Ohnmacht, er vermochte an gar kein Glück zu denken. Er war betrübt, von der Heimat zu scheiden, von dem Flecke, auf dem er emporgeschossen war. Er wußte ja, daß er nie mehr die lieben, alten Kameraden, die kleinen Büsche und Blumen ringsumher, ja vielleicht nicht einmal die Vögel sehen würde. Die Abreise war durchaus mit keiner Behaglichkeit verbunden.

Der Baum kam erst wieder zu sich, als er im Hofe, mit den anderen Bäumen abgeladen, einen Mann sagen hörte:

»Der ist prächtig! Wir brauchen keinen anderen!«

Nun kamen zwei Diener im vollen Staate und trugen den Tannenbaum in einen großen, prächtigen Saal. Ringsumher an den Wänden hingen Porträts, und neben dem großen Ofen standen chinesische Vasen mit Löwen auf den Deckeln. Da gab es Schaukelstühle, Sofas mit seidenen Überzügen, große Tische, bedeckt mit Bilderbüchern und Spielzeug für hundertmal hundert Taler – wenigstens behaupteten das die Kinder. Der Tannenbaum wurde in ein großes, mit Sand gefülltes Gefäß gestellt, doch konnte niemand bemerken, daß es ein Gefäß war, denn es wurde ringsherum mit grünem Zeug behängt und stand auf einem großen bunten Teppiche. Oh, wie der Baum bebte! Was sollte doch nun geschehen? Sowohl die Diener als auch die Fräulein kamen und putzten ihn aus. Über die Zweige hängten sie kleine, aus buntem Papier ausgeschnittene Netze; jedes Netz war mit Zuckerwerk gefüllt. Vergoldete Äpfel und Walnüsse hingen wie festgewachsen herab, und über hundert rote, blaue und weiße Lichterchen wurden an den Zweigen befestigt. Puppen, die wie leibhaftige Menschen aussahen – der Baum hatte solche nie zuvor gesehen – schwebten im Grünen, und ganz oben auf der Spitze strahlte ein Stern von Flittergold. Es war prächtig, ganz und unvergleichlich prächtig!

»Heute abend«, sagten alle, »heute abend wird er strahlen!« Oh! dachte der Baum, wäre es doch erst Abend! Würden doch nur die Lichter bald angezündet! Und was mag dann geschehen? Ob wohl die Bäume aus dem

Walde kommen und mich anschauen? Ob die Sperlinge gegen die Fensterscheiben fliegen? Ob ich hier festgewachsen und Winter und Sommer geschmückt dastehen werde?

Er wußte wirklich gut Bescheid! Aber er hatte aus lauter Sehnsucht förmlich Borkenweh, und Borkenweh ist für einen Baum ebenso schlimm, wie Kopfweh für uns andere.

Nun wurden die Lichter angezündet. Welcher Glanz! Welche Pracht! Der Baum bebte in allen Zweigen dabei, so daß einige Nadeln an einem der Lichter Feuer fingen. Es sengte ordentlich.

»Gott bewahre uns!« schrien die Fräulein und löschten es schnell aus.

Nun durfte der Baum nicht einmal beben. Oh, das war ein Graus! Er war so besorgt, etwas von all seinem Staate zu verlieren; er war von all dem Glanze wie betäubt. – Und nun öffneten sich beide Flügeltüren, und eine Menge Kinder stürzten herein, als ob sie den ganzen Baum umrennen wollten. Die älteren Leute kamen bedächtig hinterher; die Kleinen standen ganz stumm, aber nur einen kurzen Augenblick, dann jubelten sie wieder so, daß es widerhallte. Sie tanzten um den Baum, und ein Geschenk nach dem anderen wurde abgepflückt.

Was haben sie nur vor? dachte der Baum. Was soll da geschehen? Die Lichter brannten bis auf die Zweige herunter, und darauf löschte man sie aus, und die Kinder erhielten Erlaubnis, den Baum zu plündern. Oh, die stürzten auf ihn los, daß es in allen Zweigen krachte. Wäre er nicht mit der Spitze und dem goldenen Stern an der Decke befestigt gewesen, so hätten sie ihn sicher umgeworfen.

Die Kinder tanzten nun mit ihrem prächtigen Spielzeug umher. Niemand beachtete den Baum, mit Ausnahme der alten Kinderfrau, die aufmerksam zwischen die Zweige blickte; aber sie wollte nur nachsehen, ob nicht eine Feige oder ein Apfel vergessen war.

»Eine Geschichte, eine Geschichte!« riefen die Kinder und zerrten einen kleinen, dicken Mann nach dem Baume hin. Er setzte sich gerade unter denselben hin, »denn so«, meinte er, »sind wir im Grünen, und der Baum kann sich besonders eine Lehre daraus ziehen, wenn er gut aufmerkt. Aber ich erzähle nur eine Geschichte. Wollt ihr die von Ivede Avede hören oder die von Klumpe-Dumpe, der die Treppe hinabfiel und sich doch auf den Thron schwang und die Prinzessin erhielt?«

»Ivede-Avede!« schrien einige, »Klumpe-Dumpe!« schrien andere. Was war das für ein Rufen und Durcheinanderschreien! Nur der Tannenbaum schwieg still und dachte: Soll ich nicht mitraten, will ich auch nicht mittaten! Seine Rolle war vorüber, er hatte ja seine Schuldigkeit getan!

Der Mann erzählte von Klumpe-Dumpe, der die Treppe hinabfiel und sich doch auf den Thron schwang und die Prinzessin erhielt. Und die Kinder klatschten in die Hände und riefen: »Erzähle, erzähle!« Sie wollten auch noch die Geschichte von Ivede-Avede hören, mußten sich aber mit Klumpe-Dumpe begnügen. Der Tannenbaum stand ganz still und gedankenvoll, nie hatten die Vögel draußen im Walde dergleichen erzählt. Klumpe-Dumpe fiel die Treppe hinab und bekam doch die Prinzessin! Ja, ja, so geht es in der Welt zu! dachte der Tannenbaum und hielt es für Wahrheit, weil der Erzähler ein so netter Mann war. Ja, ja, wer kann wissen, vielleicht falle ich auch die Treppe hinab und bekomme eine Prinzessin! Und er freute sich darauf, den nächsten Tag wieder mit Lichtern und Spielzeug, mit Gold und Früchten bekleidet zu werden.

Morgen werde ich nicht zittern! dachte er. Ich werde eine recht herzliche Freude über alle meine Herrlichkeit empfinden. Morgen werde ich wieder die Geschichte von Klumpe-Dumpe hören und vielleicht auch die von Ivede-Avede. Und der Baum stand die ganze Nacht still und gedankenvoll da.

Am folgenden Morgen traten die Diener und Mägde herein.

Nun beginnt der Staat von neuem! dachte der Baum, aber sie schleppten ihn zum Zimmer hinaus, die Treppe hinauf bis auf den Boden, und dort stellten sie ihn in einen dunklen Winkel, wohin kein Tageslicht fiel. Was hat denn das zu bedeuten? dachte der Baum. Was habe ich denn hier zu tun? Was mag ich denn hier hören sollen? Er lehnte sich gegen die Mauer und stand da und sann und sann. Und Zeit hatte er genug dazu, denn es verstrichen Tage und Nächte. Niemand kam herauf, und als endlich jemand kam, geschah es nur zu dem Zwecke, einige große Kästen in den Winkel zu stellen. Der Baum stand so versteckt, daß man hätte meinen können, er wäre rein in Vergessenheit geraten.

Nun ist draußen Winter! dachte der Baum. Die Erde ist hart und mit Schnee bedeckt, die Menschen können mich nicht pflanzen; deshalb soll ich wahrscheinlich bis zum Frühling hier im Schutze stehen! Wie fürsorglich das doch ist! Wie gut die Menschen doch sind! Wäre es hier nur nicht so dunkel und so erschrecklich einsam! Nicht einmal ein Häschen ist hier zu finden! Draußen im Walde war es doch lustig, wenn der Schnee lag und der Hase vorübersprang, ja selbst, wenn er über mich hinwegsetzte; aber damals gefiel es mir freilich nicht. Hier oben ist es doch entsetzlich einsam!

»Piep, piep!« sagte plötzlich eine kleine Maus und schlüpfte hervor, und darauf kam noch eine kleine. Sie schnüffelten an dem Tannenbaume und schmiegten sich durch die Zweige desselben.

»Es herrscht eine furchtbare Kälte!« sagten die Mäuschen. »Sonst ist hier ein vortrefflicher Aufenthalt! Nicht wahr, du alter Tannenbaum?«

»Ich bin noch gar nicht alt!« versetzte der Tannenbaum. »Es gibt viel ältere als ich bin!«

»Wo kommst du her?« fragten die Mäuse. »Und was weißt du?« Sie waren gewaltig neugierig. »Erzähle uns doch von dem herrlichsten Plätzchen auf Erden! Bist du schon dort gewesen? Bist du schon in der Speisekammer gewesen, wo Käse auf den Brettern liegen und Schinken unter der Decke hängen, wo man auf Talglichtern tanzt, mager hineingeht und fett herauskommt?«

»Die kenne ich allerdings nicht«, sagte der Baum, »aber den Wald kenne ich, wo die Sonne scheint und die Vögel singen!« Darauf erzählte er ihnen alle Erlebnisse seiner Jugend, und die Mäuschen hatten dergleichen nie zuvor gehört, lauschten aufmerksam zu und sagten: »Wieviel du doch gesehen hast! Wie glücklich du gewesen bist!«

»Ich!« versetzte der Tannenbaum und dachte nun erst über seine eigene Erzählung nach. »Ja, im Grunde waren es recht lustige Zeiten!« Aber dann erzählte er vom Weihnachtsabend, wo er mit Kuchen und Lichtern aufgeputzt war. »Oh!« sagten die Mäuschen. »Wie glücklich du gewesen bist, du alter Tannenbaum!«

»Ich bin durchaus nicht alt!« erwiderte der Tannenbaum. »Erst in diesem Winter bin ich ja aus dem Walde gekommen! Ich stehe in meinem allerbesten Alter, ich bin nur sehr gewachsen!«

»Wie schön du erzählst!« sagten die Mäuschen, und in der nächsten Nacht kamen sie mit vier anderen kleinen Mäusen wieder, die auch den Baum sollten erzählen hören, und je mehr er erzählte, desto lebhafter trat es ihm selbst vor die Augen, und er dachte: Es waren doch wirklich glückliche Zeiten! Aber sie können wiederkommen, sie können wiederkommen! Klumpe-Dumpe fiel die Treppe hinab und bekam doch die Prinzessin, vielleicht kann ich auch eine Prinzessin bekommen!

Und dabei fiel dem Tannenbäumchen eine kleine Birke ein, die draußen im Walde wuchs und ihm wie eine leibhaftige schöne Prinzessin erschien.

»Wer ist Klumpe-Dumpe?« fragten die Mäuschen. Nun erzählte der Tannenbaum das ganze Märchen, dessen er sich Wort für Wort entsinnen konnte. Und die Mäuschen wären aus lauter Freude fast in die Spitze des Baumes gesprungen. In der folgenden Nacht versammelten sich noch weit mehr Mäuse, und am Sonntage kamen sogar zwei Ratten. Die behaupteten aber, die Geschichte sei nicht lustig, und das betrübte die Mäuschen, denn sie kam ihnen nun auch schon weniger schön vor.

»Können Sie nur die eine Geschichte erzählen?« fragten die Ratten.

»Nur die eine!« antwortete der Baum. »Ich hörte sie an meinem glücklichsten Abend, aber damals dachte ich nicht daran, wie glücklich ich war!«

»Das ist eine höchst elende Geschichte! Wissen Sie keine von Speck und Talglichtern? Keine Speisekammergeschichten?«

»Nein!« sagte der Baum.

»Nun, dann danken wir dafür!« erwiderten die Ratten und kehrten zu den Ihrigen zurück.

Zuletzt blieben die Mäuschen auch fort, und da seufzte der Baum: »Es war doch ganz hübsch, als sie um mich saßen, die munteren Mäuschen, und auf meine Erzählungen lauschten! Nun ist das gleichfalls vorbei. Aber meine Freude soll von neuem beginnen, wenn ich wieder hervorgeholt werde!«

Aber wann ereignete sich das? – Ja, es war eines Morgens, da kamen Leute herauf und kramten auf dem Boden umher. Die Kasten erhielten einen anderen Platz, und der Baum wurde hervorgezogen. Sie warfen ihn allerdings etwas unsanft auf den Fußboden, aber sofort schleppte ihn ein Hausknecht zur Treppe hin, wo das Tageslicht schimmerte.

Nun beginnt das Leben wieder! dachte der Baum. Er fühlte die frische Luft, den ersten Sonnenstrahl – und nun war er draußen auf dem Hofe. Alles ging so schnell, daß der Baum völlig vergaß, sich selbst zu betrachten; zuviel Neues war ringsumher anzustaunen. Der Hof stieß an einen Garten, und alles stand darin in voller Blüte. Die Rosen hingen frisch und duftend über den kleinen Staketenzaun hinüber, die Lindenbäume blühten, und die Schwalben flogen umher und zwitscherten: »Quirre virrevit, mein Mann ist gekommen!« Aber den Tannenbaum meinten sie damit nicht.

»Nun will ich leben!« jubelte dieser und breitete seine Zweige weit aus. Ach, sie waren alle vertrocknet und gelb, und zwischen Unkraut und Nesseln lag er in einem Winkel da. Der Goldpapierstern saß noch oben auf der Spitze und leuchtete im hellsten Sonnenscheine.

Auf dem Hofe selbst spielten ein paar von den lustigen Kindern, die am Weihnachtsabend um den Baum getanzt hatten und dabei so fröhlich gewesen waren. Eines der kleinsten lief hin und riß den Goldstern ab.

»Sieh, was da noch an dem alten häßlichen Tannenbaume sitzt!« rief es und trat auf die Zweige, daß sie unter seinen Stiefeln knackten. Und der Baum betrachtete all die Blumenpracht und Frische im Garten, betrachtete dann sich selbst und wünschte, daß er in seinem finstern Winkel auf dem Boden geblieben wäre. Er gedachte seiner frischen Jugend im Walde, des lustigen Weihnachtsabends und der kleinen Mäuse, die so fröhlich der Geschichte von Klumpe-Dumpe zugelauscht hatten.

»Vorbei, vorbei!« seufzte der arme Baum. »Hätte ich mich doch gefreut, als ich es noch konnte! Vorbei, vorbei!«

Der Hausknecht kam und hieb den Baum in kleine Stücke, ein ganzes Bund lag da; hell loderte es auf unter dem großen Braukessel. Er seufzte tief, jeder Seufzer ertönte wie ein kleiner Schuß. Deshalb liefen die Kinder, die draußen spielten, herbei, setzten sich vor das Feuer, schauten hinein und riefen: »Piff, paff!« Aber bei jedem Knalle, der ein tiefer Seufzer war, gedachte der Baum eines Sommertages im Walde, einer Winternacht draußen, wenn die Sterne glänzten. Er gedachte des Weihnachtsabends und des Klumpe-Dumpe, des einzigen Märchens, das er gehört hatte und zu erzählen wußte – und dann war der Baum verbrannt.

Die Knaben spielten im Hofe, und der kleinste hatte auf der Brust den Goldstern, den der Baum an seinem glücklichsten Abende getragen hatte. Nun war dieser vorüber und mit diesem auch der Baum nebst seiner Geschichte. Vorbei, vorbei – und so geht es mit allen Geschichten.

Hans Christian Andersen

Und wenn mein Kindchen
auf dem Tannenbaum wär,
Ich wollt hinaufklettern,
wenns noch so hoch wär.

Die Leihgabe

Am meisten hat Vater sich jedesmal zu Weihnachten Mühe gegeben. Da fiel es uns allerdings auch besonders schwer, drüber wegzukommen, daß wir arbeitslos waren. Andere Feiertage, die beging man oder man beging sie nicht; aber auf Weihnachten lebte man zu, und war es erst da, dann hielt man es fest; und die Schaufenster, die brachten es ja oft noch nicht mal im Januar fertig, sich von ihren Schokoladenweihnachtsmännern zu trennen.

Mir hatten es vor allem immer die Zweige und Kasperles angetan. War Vater dabei, sah ich weg; aber das fiel meist mehr auf, als wenn man hingesehen hätte; und so fing ich dann allmählich doch wieder an, in die Läden zu gucken. Vater war auch nicht gerade unempfindlich gegen die Schaufensterauslagen, er konnte sich nur besser beherrschen. Weihnachten, sagte er, wäre das Fest der Freude; das Entscheidende wäre jetzt nämlich: nicht traurig zu sein, auch dann nicht, wenn man kein Geld hätte.

»Die meisten Leute«, sagte Vater, »sind bloß am ersten und zweiten Feiertag fröhlich und vielleicht nachher zu Silvester noch mal. Das genügt aber nicht; man muß mindestens schon einen Monat vorher mit Fröhlichsein anfangen. Zu Silvester«, sagte Vater, »da kannst du dann getrost wieder traurig sein; denn es ist nie schön, wenn ein Jahr einfach so weggeht. Nur jetzt, so vor Weihnachten, da ist es unangebracht, traurig zu sein.« Vater selber gab sich auch immer große Mühe, nicht traurig zu sein um diese Zeit; doch er hatte es aus irgendeinem Grund da schwerer als ich; wahrscheinlich deshalb, weil er keinen Vater mehr hatte, der ihm dasselbe sagen konnte, was er mir immer sagte.

Es wäre bestimmt auch alles leichter gewesen, hätte Vater noch seine Stelle gehabt. Er hätte jetzt sogar wieder als Hilfspräparator gearbeitet; aber sie brauchten keine Hilfspräparatoren im Augenblick. Der Direktor hatte gesagt, aufhalten im Museum könnte Vater sich gern, aber mit Arbeit müßte er warten, bis bessere Zeiten kämen.

»Und wann, meinen Sie, ist das?« hatte Vater gefragt.

»Ich möchte Ihnen nicht weh tun«, hatte der Direktor gesagt.

Frieda hatte mehr Glück gehabt; sie war in einer Großdestille am Alexanderplatz als Küchenhilfe eingestellt worden und war dort auch gleich in Logis. Uns war es ganz angenehm, nicht dauernd mit ihr zusammenzusein; sie war jetzt, wo wir uns nur mittags und abends mal sahen, viel netter.

Aber im Grunde lebten auch wir nicht schlecht. Denn Frieda versorgte uns reichlich mit Essen, und war es zu Hause zu kalt, dann gingen wir ins Museum rüber; und wenn wir uns alles angesehen hatten, lehnten wir uns unter dem Dinosauriergerippe an die Heizung, sahen aus dem Fenster oder fingen mit dem Museumswärter ein Gespräch über Kaninchenzucht an.

An sich war das Jahr also durchaus dazu angetan, in Ruhe und Beschaulichkeit zu Ende gebracht zu werden. Wenn Vater sich nur nicht solche Sorge um einen Weihnachtsbaum gemacht hätte.

Es kam ganz plötzlich.

Wir hatten eben Frieda aus der Destille abgeholt und sie nach Hause gebracht und uns hingelegt, da klappte Vater den Band *Brehms Tierleben* zu, in dem er abends immer noch las, und fragte zu mir rüber: »Schläfst du schon?« »Nein«, sagte ich, denn es war zu kalt zum Schlafen.

»Mir fällt eben ein«, sagte Vater, »wir brauchen ja einen Weihnachtsbaum.« Er machte eine Pause und wartete meine Antwort ab.

»Findest du?« sagte ich.

»Ja«, sagte Vater, »und zwar so einen richtigen, schönen; nicht so einen murkligen, der schon umkippt, wenn man bloß mal eine Walnuß dranhängt.«

Bei dem Wort Walnuß richtete ich mich auf. Ob man nicht vielleicht auch ein paar Lebkuchen kriegen könnte zum Dranhängen?

Vater räusperte sich. »Gott – « sagte er, »warum nicht; mal mit Frieda reden.«

»Vielleicht«, sagte ich, »kennt Frieda auch gleich jemand, der uns einen Baum schenkt.«

Vater bezweifelte das. Außerdem: So einen Baum, wie er ihn sich vorstellte, den verschenkte niemand, der wäre ein Reichtum, ein Schatz wäre der.

Ob er vielleicht eine Mark wert wäre, fragte ich. »Eine Mark – ?!« Vater blies verächtlich die Luft durch die Nase: »Mindestens zwei.«

»Und wo gibt's ihn?«

»Siehst du«, sagte der Vater, »das überleg' ich auch gerade.«

»Aber wir können ihn doch gar nicht kaufen«, sagte ich; »zwei Mark: wo willst du die denn jetzt hernehmen?«

Vater hob die Petroleumlampe auf und sah sich im Zimmer um. Ich wußte, er überlegte, ob sich vielleicht noch was ins Leihhaus bringen ließe; es war aber schon alles drin, sogar das Grammophon, bei dem ich so geheult hatte, als der Kerl hinter dem Gitter mit ihm weggeschlurft war.

Vater stellte die Lampe wieder zurück und räusperte sich. »Schlaf mal erst; ich werde mir den Fall durch den Kopf gehen lassen.«

In der nächsten Zeit drückten wir uns bloß immer an den Weihnachtsbaumverkaufsständen herum. Baum auf Baum bekam Beine und lief weg; aber wir hatten noch immer keinen.

»Ob man nicht doch –?« fragte ich am fünften Tag, als wir gerade wieder im Museum unter dem Dinosauriergerippe an der Heizung lehnten.

»Ob man was?« fragte Vater scharf.

»Ich meine, ob man nicht doch versuchen sollte, einen gewöhnlichen Baum zu kriegen?«

»Bist du verrückt?!« Vater war empört. »Vielleicht so einen Kohlstrunk, bei dem man nachher nicht weiß, soll es ein Handfeger oder eine Zahnbürste sein? Kommt gar nicht in Frage.«

Doch was half es; Weihnachten kam näher und näher. Anfangs waren die Christbaumwälder in den Straßen noch aufgefüllt worden; aber allmählich lichteten sie sich, und eines Nachmittags waren wir Zeuge, wie der fetteste Christbaumverkäufer vom Alex, der Kraftriemen-Jimmy, sein letztes Bäumchen, ein wahres Streichholz von einem Baum, für drei Mark fünfzig verkaufte, aufs Geld spuckte, sich aufs Rad schwang und wegfuhr.

Nun fingen wir doch an, traurig zu werden. Nicht schlimm; aber immerhin, es genügte, daß Frieda die Brauen noch mehr zusammenzog, als sie es sonst zu tun pflegte, und daß sie uns fragte, was wir denn hätten.

Wir hatten uns zwar daran gewöhnt, unseren Kummer für uns zu behalten, doch diesmal machten wir eine Ausnahme, und Vater erzählte es ihr.

Frieda hörte aufmerksam zu. »Das ist alles?« Wir nickten. »Ihr seid aber komisch«, sagte Frieda; »wieso geht ihr denn nicht einfach in den Grunewald einen klauen?«

Ich habe Vater schon häufig empört gesehen, aber so empört wie an diesem Abend noch nie.

Er war kreidebleich geworden. »Ist das dein Ernst?« fragte er heiser.

Frieda war sehr erstaunt. »Logisch«, sagte sie; »das machen doch alle.«

»Alle –!« echote Vater dumpf, »alle –!« Er erhob sich steif und nahm mich bei der Hand. »Du gestattest wohl«, sagte er darauf zu Frieda, »daß ich erst den Jungen nach Hause bringe, ehe ich dir hierauf die gebührende Antwort erteile.«

Er hat sie ihr niemals erteilt. Frieda war vernünftig; sie tat so, als ginge sie auf Vaters Zimperlichkeit ein, und am nächsten Tag entschuldigte sie sich. Doch was nützte das alles; einen Baum, gar einen Staatsbaum, wie Vater ihn sich vorstellte, hatten wir deshalb noch lange nicht.

Aber dann – es war der dreiundzwanzigste Dezember, und wir hatten eben wieder unseren Stammplatz unter dem Dinosauriergerippe bezogen – hatte Vater die große Erleuchtung.

»Haben Sie einen Spaten?« fragte er den Museumswärter, der neben uns auf seinem Klappstuhl eingenickt war.

»Was?!« rief der und fuhr auf, »was habe ich?!«

»Einen Spaten, Mann«, sagte Vater ungeduldig; »ob Sie einen Spaten haben.«

Ja, den hätte er schon.

Ich sah unsicher an Vater empor. Er sah jedoch leidlich normal aus; nur sein Blick schien mir eine Spur unsteter zu sein als sonst.

»Gut«, sagte er jetzt; »wir kommen heute mit Ihnen nach Hause und Sie borgen ihn uns.«

Was er vorhatte, erfuhr ich erst in der Nacht.

»Los«, sagte Vater und schüttelte mich, »steh auf!«

Ich kroch schlaftrunken über das Bettgitter. »Was ist denn bloß los!«

»Paß auf«, sagte Vater und blieb vor mir stehen: »Einen Baum stehlen, das ist gemein; aber sich einen borgen, das geht.«

»Borgen –?« fragte ich blinzelnd.

»Ja«, sagte Vater. »Wir gehen jetzt in den Friedrichshain und graben eine Blautanne aus. Zu Hause stellen wir sie in die Wanne mit Wasser, feiern morgen dann Weihnachten mit ihr, und nachher pflanzen wir sie wieder am selben Platz ein. Na –?« Er sah mich durchdringend an.

»Eine wunderbare Idee«, sagte ich.

Summend und pfeifend gingen wir los; Vater den Spaten auf dem Rücken, ich einen Sack unter dem Arm. Hin und wieder hörte Vater auf zu pfeifen, und wir sangen zweistimmig »Morgen, Kinder, wird's was geben« und »Vom Himmel hoch, da komm' ich her«. Wie immer bei solchen Liedern, hatte Vater Tränen in den Augen, und auch mir war schon ganz feierlich zumute.

Dann tauchte vor uns der Friedrichshain auf, und wir schwiegen.

Die Blautanne, auf die Vater es abgesehen hatte, stand inmitten eines strohgedeckten Rosenrondells. Sie war gut anderthalb Meter hoch und ein Muster an ebenmäßigem Wuchs.

Da der Boden nur dicht unter der Oberfläche gefroren war, dauerte es auch gar nicht lange, und Vater hatte die Wurzeln freigelegt. Behutsam kippten wir den Baum darauf um, schoben ihn mit den Wurzeln in den Sack, Vater hängte seine Joppe über das Ende, das raussah, wir schippten das Loch zu, Stroh wurde darüber gestreut, Vater lud sich den Baum auf die Schulter, und wir gingen nach Hause.

Hier füllten wir die große Zinkwanne mit Wasser und stellten den Baum rein.

Als ich am nächsten Morgen aufwachte, waren Vater und Frieda schon dabei, ihn zu schmücken. Er war jetzt mit Hilfe einer Schnur an der Decke befestigt, und Frieda hatte aus Stanniolpapier allerlei Sterne geschnitten, die sie an seinen Zweigen aufhängte; sie sahen sehr hübsch aus. Auch einige Lebkuchenmänner sah ich hängen.

Ich wollte den beiden den Spaß nicht verderben; daher tat ich so, als schliefe ich noch. Dabei überlegte ich mir, wie ich mich für ihre Nettigkeit revanchieren könnte.

Schließlich fiel es mir ein: Vater hatte sich einen Weihnachtsbaum geborgt, warum sollte ich es nicht fertigbringen, mir über die Feiertage unser verpfändetes Grammophon auszuleihen? Ich tat also, als wachte ich eben erst auf, bejubelte vorschriftsmäßig den Baum, und dann zog ich mich an und ging los.

Der Pfandleiher war ein furchtbarer Mensch; schon als wir zum erstenmal bei ihm gewesen waren und Vater ihm seinen Mantel gegeben hatte, hätte ich dem Kerl sonst was zufügen mögen; aber jetzt mußte man freundlich zu ihm sein.

Ich gab mir auch große Mühe. Ich erzählte ihm was von zwei Großmüttern und »gerade zu Weihnachten« und »letzter Freude auf alte Tage« und so, und plötzlich holte der Pfandleiher aus und haute mir eine herunter und sagte ganz ruhig:

»Wie oft du sonst schwindelst, ist mir egal; aber zu Weihnachten wird die Wahrheit gesagt, verstanden?«

Darauf schlurfte er in den Nebenraum und brachte das Grammophon an. »Aber wehe, ihr macht was an ihm kaputt! Und nur für drei Tage! Und auch bloß, weil du's bist!« Ich machte einen Diener, daß ich mir fast die Stirn an der Kniescheibe stieß; dann nahm ich den Kasten unter den einen, den Trichter unter den anderen Arm und rannte nach Hause.

Ich versteckte beides erst mal in der Waschküche. Frieda allerdings mußte ich einweihen, denn die hatte die Platten; aber Frieda hielt dicht.

Mittags hatte uns Friedas Chef, der Destillenwirt, eingeladen. Es gab eine tadellose Nudelsuppe, anschließend Kartoffelbrei mit Gänseklein. Wir aßen, bis wir uns kaum noch erkannten; darauf gingen wir, um Kohlen zu sparen, noch ein bißchen ins Museum zum Dinosauriergerippe; und am Nachmittag kam Frieda und holte uns ab.

Zu Hause wurde geheizt. Dann packte Frieda eine Riesenschüssel voll übriggebliebenem Gänseklein, drei Flaschen Rotwein und einen Quadratmeter Bienenstich aus, Vater legte für mich seinen Band *Brehms Tierleben* auf den Tisch, und im nächsten unbewachten Augenblick lief ich in die Waschküche runter, holte das Grammophon rauf und sagte Vater, er sollte sich umdrehen.

Er gehorchte auch; Frieda legte die Platten raus und steckte die Lichter an, und ich machte den Trichter fest und zog das Grammophon auf.

»Kann ich mich umdrehen?« fragte Vater, der es nicht mehr aushielt, als Frieda das Licht ausgeknipst hatte.

»Moment«, sagte ich; »dieser verdammte Trichter – denkst du, ich krieg' das Ding fest?«

Frieda hüstelte.

»Was denn für ein Trichter?« fragte Vater.

Aber da ging es schon los. Es war »Ihr Kinderlein kommet«; es knarrte zwar etwas, und die Platte hatte wohl auch einen Sprung, aber das machte nichts. Frieda und ich sangen mit, und da drehte Vater sich um. Er schluckte erst und zupfte sich an der Nase, aber dann räusperte er sich und sang auch mit.

Als die Platte zu Ende war, schüttelten wir uns die Hände, und ich erzählte Vater, wie ich das mit dem Grammophon gemacht hätte.

Er war begeistert. »Na –?« sagte er nur immer wieder zu Frieda und nickte dabei zu mir rüber: »Na – ?«

Es wurde ein schöner Weihnachtsabend. Erst sangen und spielten wir die Platten durch; dann spielten wir sie noch mal ohne Gesang; dann sang Frieda noch mal alle Platten allein; dann sang sie mit Vater noch mal, und dann aßen wir und tranken den Wein aus, und darauf machten wir noch ein bißchen Musik; und dann brachten wir Frieda nach Hause und legten uns auch hin.

Am nächsten Morgen blieb der Baum noch aufgeputzt stehen. Ich durfte liegenbleiben, und Vater machte den ganzen Tag Grammophonmusik und pfiff Zweite Stimme dazu.

Dann, in der folgenden Nacht, nahmen wir den Baum aus der Wanne, steckten ihn, noch mit den Stanniolpapiersternen geschmückt, in den Sack und brachten ihn zurück in den Friedrichshain.

Hier pflanzten wir ihn wieder in sein Rosenrondell. Darauf traten wir die Erde fest und gingen nach Hause. Am Morgen brachte ich dann auch das Grammophon weg. Den Baum haben wir noch häufig besucht; er ist wieder angewachsen. Die Stanniolpapiersterne hingen noch eine ganze Weile in seinen Zweigen, einige sogar bis in den Frühling.

Vor ein paar Monaten habe ich mir den Baum wieder mal angesehen. Er ist gute zwei Stock hoch und hat den Umfang eines mittleren Fabrikschornsteins. Es mutet merkwürdig an, sich vorzustellen, daß wir ihn mal zu Gast in unserer Wohnküche hatten.

Wolfdietrich Schnurre

Ich wollte, meine Lieder,
Das wären Erbsen klein:
Ich kocht' eine Erbsensuppe,
Die sollte köstlich sein.

Heinrich Heine

Ich wünsche mir ein Schaukelpferd,
'ne Festung und Soldaten
Und eine Rüstung und ein Schwert,
Wie sie die Ritter hatten.

Drei Märchenbücher wünsch' ich mir
Und Farbe auch zum Malen
Und Bilderbogen und Papier
Und Gold- und Silberschalen.

Ein Domino, ein Lottospiel,
Ein Kasperletheater,
Auch einen neuen Pinselstiel
Vergiß nicht, lieber Vater!

Ein Zelt und sechs Kanonen dann
Und einen neuen Wagen
Und ein Geschirr mit Schellen dran,
Bei'm Pferdespiel zu tragen.

Ein Perspektiv, ein Zootrop,
'ne magische Laterne,
Ein Brennglas, ein Kaleidoskop –
Dies alles hätt' ich gerne.

Mir fehlt – ihr wißt es sicherlich –
Gar sehr ein neuer Schlitten,

Und auch um Schlittschuh' möchte ich
Noch ganz besonders bitten.

Um weiße Tiere auch von Holz
Und farbige von Pappe,
Um einen Helm mit Federn stolz
Und eine Flechtemappe.

Auch einen großen Tannenbaum,
Dran hundert Lichter glänzen,
Mit Marzipan und Zuckerschaum
Und Schokoladenkränzen.

Doch dünkt dies alles euch zu viel,
Und wollt ihr daraus wählen,
So könnte wohl der Pinselstiel
Und auch die Mappe fehlen.

Als Hänschen so gesprochen hat,
Sieht man die Eltern lachen:
»Was willst du, kleiner Nimmersatt,
Mit all den vielen Sachen?

Wer so viel wünscht« – der Vater spricht's –
»Bekommt auch nicht ein Achtel –
Der kriegt ein ganz klein wenig Nichts
In einer Dreierschachtel.«

Heinrich Seidel

Ich habe
den Menschen gesagt,
sie mögen dich lieben.
Es wird dir
einer begegnen,
der hat mich gehört.

Günter Bruno Fuchs

Hör, mein Kindele,
was soll ich dir singen?
Äpfel und Birn
soll der Vater mitbringen,
Pflaumen, Rosinen und Feigen.
Mein Kindele soll schlafen
und schweigen!

Am 24. Dezember 1970 betritt der Zeitungsverkäufer das Comestible-Geschäft in der Stadt und fragt umständlich nach Kaviar. Er habe schon davon gehört, er wisse auch, daß es teuer sei, er wisse aber nicht, wie es schmecke, und er sei heute abend allein, und da möchte er einmal Kaviar essen. Er läßt sich den Geschmack beschreiben und kauft das Gläschen, bezahlt sehr viel dafür und läßt sich erklären, wie man Kaviar ißt und wie man das Gläschen öffnet (die Kante eines Geldstücks unter den Rand des Deckels schieben und hin und her bewegen, bis das Geräusch von austretender beziehungsweise eintretender Luft hörbar wird, dann kann der Deckel mühelos entfernt werden).

24. Dezember

25. Dezember

26. Dezember

Am 27. Dezember 1970 betritt der Zeitungsverkäufer erneut den Laden, findet das Mädchen nicht, das ihn bedient hat, und hat nun einem andern Mädchen wiederum umständlich zu erklären, daß er am 24. Dezember Kaviar gekauft habe, daß er sich alles habe erklären lassen, daß er auch am selben Abend in seinem Zimmer versucht habe – zwei Stunden lang –, das Gläschen zu öffnen, daß es ihm aber nicht gelungen sei. (»E has ned ufbrocht.«)

Der Inhaber des Ladens, der sich an den Kauf vom 24. Dezember erinnert und auch bereits Freunden davon erzählt hat – von der Bescheidenheit und Größe einfacher Leute vielleicht –, der Inhaber bemüht sich selbst, dem

Zeitungsverkäufer noch einmal die Technik des Öffnens zu erklären, liebevoll und unter Erwähnung des Wortes »Vakuum«. Ganz einfach so: die Kante einer Münze unter den Deckel schieben und hin und her bewegen. Der Zeitungsverkäufer nickt, lächelt verlegen, entschuldigt sich mehrmals für die Störung, wie er sagt, sagt dann mehrmals: »Ich muß irgend etwas falsch gemacht haben«, läßt es sich zur Sicherheit noch einmal erklären und sagt: »Ich werde es aufbewahren und es am Silvester noch einmal versuchen«, und dann – schon unter der Tür –: »Wenn es am Silvester auch nicht aufgehen sollte, dürfte ich es dann zurückbringen?« (»Wenns am Söuveschter ou ned gieng, döft is de zrüggbrenge?«)

Das ist die Geschichte, und erst jetzt, nachdem ich sie aufgeschrieben habe, anderthalb Jahre später, fällt mir auf, daß ich den Zeitungsverkäufer schon lange nicht mehr gesehen habe.

Ich kann also dem Leser noch einen Schluß anbieten, der ihm sicherlich gefallen wird: »Wochen später findet man eine verwesende Leiche im Bett« (die Boulevardpresse gibt sich entsetzt und genießt ihr Mitleid), »und Gerichtsmedizin und Polizei stellen anhand von sichern Anhaltspunkten fest, daß der Tod zwischen dem 28. und 31. Dezember 1970 eingetreten sein muß.« Schlußsatz: »Neben dem Bett fand man ein ungeöffnetes Gläschen Kaviar.«

Gut, aber was geschieht, wenn er weiterlebt, wenn es ihm gelingt, das Gläschen zu öffnen am Silvester oder wenn er es zurückbringt am 3. Januar (denn selbstverständlich hat der Inhaber des Ladens versprochen, das Gläschen zurückzunehmen, und er hat sich auch vorgenommen, bei Gelegenheit dem Zeitungsverkäufer einen kleineren Geldbetrag in die Hand zu drücken)?

Die Geschichte ist wahr. Der Inhaber des Ladens hat sie mir am 28. Dezember 1970 mitgeteilt, und ich habe sie inzwischen oft weitererzählt. Das Ende der Geschichte ist mir nicht bekannt, ich habe den Inhaber nie nach dem Ende gefragt, vielleicht zufällig, vielleicht weil die Geschichte kein Ende braucht oder weil ich mich fürchtete davor. Aber wenn ich die Geschichte weitererzählt habe, dann habe ich den Zeitungsverkäufer auch beschrieben, weil meine Freunde in der Stadt ihn bestimmt schon gesehen haben. Er war lang und hager, schwarze Kleidung, Gilet, etwa siebzig Jahre alt und ging von Restaurant zu Restaurant, um seine Zeitungen zu verkaufen. Er sah nicht aus wie ein Mann, der sonst in Wirtschaften geht, er hatte keine Routine im Zeitungenverkaufen: er rief seine Zeitungen nicht aus, machte keine Späße, sondern ging schüchtern von Tisch zu Tisch, und er bedankte sich mehrmals, wenn jemand eine Zeitung kaufte. Oft drehte er sich – nachdem er vom Tisch weggegangen war – noch einmal um und bedankte sich nochmals, weil er nicht sicher war, ob er sich schon bedankt hatte, und er wünschte mehrmals einen schönen Abend.

Sein ehemaliger Lehrer wäre mit ihm zufrieden gewesen, weil er ihm beigebracht hatte, nicht zu stören, was auch immer geschehen möge, nicht zu stören. Das hatte der Zeitungsverkäufer vor sechzig Jahren gelernt. Jetzt stört er nicht, jetzt fällt er nicht auf. Und vielleicht hätte er das Gläschen Kaviar doch besser gestohlen. Damit hätte er endlich einmal gestört.

Sein Lehrer hatte ihm von der Größe der Armut und der Größe der Demut erzählt, und deshalb ist das nicht die Geschichte vom Zeitungsverkäufer, sondern die Geschichte vom ehemaligen Lehrer, der mit seinem Schüler zufrieden gewesen wäre. Der Lehrer lebt nicht mehr, und der Zeitungsverkäufer ist tot. Ich kenne den Namen des Zeitungsverkäufers nicht, ich kenne nur den Namen der Zeitung. Es ist die Zeitung, die der Inhaber des Ladens täglich liest. Selbstverständlich ist der Ladeninhaber unschuldig, selbstverständlich ist der Zeitungsverkäufer unschuldig, selbstverständlich der ehemalige Lehrer, der mit seinem ehemaligen Schüler zufrieden gewesen wäre. So bleiben als mögliche Schuldige nur noch ich und du (und vielleicht die Zeitung), ganz abgesehen davon, daß er das Gläschen Kaviar doch besser gestohlen hätte.

Peter Bichsel

Die Engel, die haben gesungen,
daß wohl ein Wunder geschehn.
Da kamen die Hirten gesprungen
und haben es angesehn.

Die Hirten, die will es erbarmen,
wie elend das Kindlein sei.
Es ist eine Gschicht für die Armen.
Kein Reicher war nicht dabei.

Ludwig Thoma

Eio popeio, das ist eine Not,
Wer schenkt mir ein Heller
Zu Zucker und Brot?
Verkauf ich mein Bettlein
Und leg mich aufs Stroh,
Sticht mich keine Feder
Und beißt mich kein Floh.

Ich bin der kleinste Mann mit leeren Händen.
Ich bin der ärmste Mann mit kleinen Händen.
Doch mit dir
kann der kleine arme Mann
auch den größten Baum mit langen Ästen
auch das hohe Haus mit vollen Tischen
in den kleinen leeren Händen
über große Berge tragen.

Günter Bruno Fuchs

Der Weihnachtsmorgen

Wir wohnten damals am oberen Ende der Blarney-Gasse, in einem der weißgetünchten Häuschen, die ans freie Feld grenzen. Wir waren vier: mein Vater, meine Mutter, »Sonny« und ich. Ich glaube, zu der Zeit, von der ich spreche, war »Sonny« sieben und ich ein paar Jahre älter. Ich konnte den Burschen nie recht leiden. Er war Mutters Liebling, und immer rannte er gleich zu ihr und klatschte, was für Unheil ich wieder angerichtet hatte. Ich glaube wahrhaftig, er saß nur um mich zu ärgern so eifrig hinter seinen Schulbüchern. Er wußte anscheinend, daß das ihr ganzer Stolz war. Man konnte wohl sagen, er buchstabierte sich in ihr Herz.

»Mammi«, rief er zum Beispiel, »soll ich Larry zum T-e-e rufen?« oder: »Mammi, das W-a-s-e-r kocht«, – und natürlich verbesserte sie ihn, wenn er's falsch machte, und das nächste Mal wußte er's, und das war erst recht nicht zum Aushalten. »Mammi«, rief er dann, »kann ich nicht fein buchstabieren?« Herrjeh, wir würden alle fein buchstabieren, wenn wir's so anstellten!

Ich war aber nicht etwa dumm oder so – bewahre! Ich war bloß unruhig und konnte mich nicht lange auf eine Sache konzentrieren. Ich machte die Aufgaben aus dem Buch vom vorigen Jahr oder aus dem Buch vom nächsten Jahr – aber ich konnte es nicht ausstehen, das zu lernen, was wir gerade aufhatten. Abends ging ich nach draußen und spielte mit der Doherty-Bande – doch nicht, weil ich wild war, sondern ich wollte etwas erleben und konnte nicht um die Welt begreifen, was Mutter immer mit dem Lernen hatte. »Kannst du nicht erst die Aufgaben machen und nachher spielen?« sagte sie meistens und wurde vor Ärger ganz rot. »Du sollst dich schämen, daß dein kleiner Bruder besser lesen kann als du!«

»Ach«, rief ich, »ich mach sie, wenn ich wiederkomme!«

»Der Himmel mag wissen, was aus dir noch mal werden soll«, sagte sie. »Wenn du dich mehr um deine Bücher bekümmern würdest, könntest du etwas Feines werden – Buchhalter oder Ingenieur.«

»Ich will Buchhalter werden, Mammi«, rief »Sonny« dann.

»Kein Mensch will 'n langweiliger Buchhalter werden«, sagte ich, bloß um ihn zu ärgern. »Ich, ich werd' Soldat!« »Weiß der Himmel, zu etwas anderem wird's bei dir auch wohl nie reichen«, seufzte meine Mutter. Manchmal kam's mir fast vor, als ob die gute Frau ein bißchen einfältig sei: was konnte es denn für einen Mann Besseres geben, als Soldat zu werden?

Weihnachten kam näher, die Tage wurden kürzer, und die Straßen waren voller Leute. Ich dachte an die Sachen, die ich vom Weihnachtsmann bekommen würde. Die Dohertys sagten, es gäbe keinen Weihnachtsmann, und nur Vater und Mutter schenkten einem was. Aber die Dohertys waren eine wilde Bande, zu denen würde der Weihnachtsmann sowieso nicht kommen. Ich horchte herum, wo ich nur etwas über ihn aufschnappen konnte, aber es war nicht viel. Mit der Schreibfeder war ich kein großer Held – doch wenn ein Brief nützen würde, ich würde mich schon dahintersetzen.

»Ach«, sagte meine Mutter mit kummervoller Miene, »ich weiß nicht, ob er dies Jahr überhaupt kommen wird. Er hat genug Arbeit, für all die kleinen Jungen zu sorgen, die ihre Aufgaben gut lernen – er kann sich nicht auch noch um die andern kümmern.« »Er kommt nur zu Kindern, die gut buchstabieren können, nicht wahr, Mammi?« fragte »Sonny«.

»Er kommt zu allen Kindern, die sich Mühe geben«, antwortete meine Mutter, »auch wenn sie nicht so gut buchstabieren können.« Wahrhaftiger Gott – Mühe gab ich mir bestimmt! Und es war nicht meine Schuld, daß uns der »Prügler« vier Tage vor den Ferien Rechenaufgaben stellte, die wir nicht lösen konnten, und Peter Doherty und ich mußten uns drücken. Wir taten's nicht mit Begeisterung, das kann mir jeder glauben, denn Dezember ist nicht der geeignetste Monat zum Schuleschwänzen, und die meiste Zeit verbrachten wir in einem Schuppen am Quai, wo wir uns vor dem Regen verkrochen. Unser Fehler bestand einzig darin, daß wir uns einbildeten, wir könnten es bis zu den Ferien durchhalten, ohne entdeckt zu werden. Das war ein kläglicher Mangel an Voraussicht.

Der »Prügler« merkte es natürlich und fragte zu Hause an, warum wir nicht in die Schule kämen. Als ich am dritten Tag heimkam, warf mir meine Mutter einen Blick zu, den ich nie vergessen werde, und sagte bloß: »Da steht dein Essen!« Sie war zu aufgebracht, um zu sprechen. Als ich es ihr mit den Rechenaufgaben vom »Prügler« erklären wollte, ging sie darüber weg, wie man eine Fliege wegscheucht, und sagte: »Von dir will ich kein Wort hören!« Da merkte ich, daß sie nicht wegen des Schwänzens böse war, sondern wegen der Lügen. Mehrere Tage sprach sie überhaupt nicht mit mir. Und selbst da konnte ich immer noch nicht begreifen, warum sie soviel vom Lernen hielt und mich nicht so einfach und natürlich wie die andern aufwachsen ließ.

Doch was das Schlimmste war: »Sonny« schwoll der Kamm mehr denn je. Er stelzte mit einer Miene umher wie einer, der denkt: »Möcht' mal wissen, was sie ohne mich in dieser alten Bude machen würden!« Er ging an die Haustür, lehnte sich mit den Händen in den Hosentaschen gegen den Pfosten, versuchte wie mein Papa auszusehen und schrie den andern Kindern, daß man's in der ganzen Straße hören konnte, zu: »Larry darf nicht kommen. Er hat mit Peter Doherty die Schule geschwänzt, und meine Mutter spricht nicht mit ihm!« Und abends, wenn wir im Bett waren, machte er so weiter: »Der Weihnachtsmann bringt dir dies Jahr nichts – ha, nein!«

»Wohl!« sagte ich.

»Woher weißt du's denn?«

»Warum denn nicht?«

»Weil du mit Doherty geschwänzt hast. – Ich möchte nicht mit den Doherty-Bengeln spielen. Was das für Leute sind! Hatten die Polizei im Haus!«

»Und woher soll der Weihnachtsmann wissen, daß ich die Schule geschwänzt habe?« brummte ich böse, denn mir riß die Geduld mit dem kleinen Affen. »Natürlich weiß er's. Mammi sagt's ihm.«

»Wie kann's Mammi ihm sagen, wenn er am Nordpol ist? Da kann man's mal wieder sehen, was du für ein Baby bist!«

»Ich bin kein Baby – ich kann besser als du buchstabieren, und der Weihnachtsmann bringt dir dies Jahr nichts!«

»Werden wir ja bald sehen, ob er mir was bringt«, sagte ich und tat sehr weise.

Aber ich tat nur so. Denn wer kann sagen, was für geheime Kräfte diesen himmlischen Burschen zur Verfügung stehen, so daß sie wissen, was man im Schilde führt, selbst wenn sie einem den Rücken kehren? Und ich hatte wegen des Schuleschwänzens ein schlechtes Gewissen, weil ich meine Mutter noch nie so aufgebracht gesehen hatte. In der Nacht überlegte ich mir, daß es für mich nur einen Ausweg gab: den Weihnachtsmann zu sprechen und ihm alles zu erklären. Von Mann zu Mann würde er mich wohl verstehen. Ich war damals ein hübscher Junge, und wenn ich wollte, konnte ich sehr nett sein. Alte Herren brauchte ich nur freundlich anzulächeln, und schon gaben sie mir einen Zweier. Ich war überzeugt, daß ich's ebenso mit dem Weihnachtsmann machen könnte, wenn ich ihn nur allein erwischte. Vielleicht würde ich etwas Feines von ihm bekommen – eine Eisenbahn oder so –, denn Ludo und Schnippschnapp und ähnliche Spiele hingen mir zum Halse heraus.

Ich fing nun an, mich im Wachbleiben zu trainieren, zählte bis fünfhundert, dann bis tausend, und lauschte, ob ich's vom Shandon elf Uhr und Mitternacht schlagen hörte. Ich glaubte fest, daß der Weihnachtsmann um zwölf Uhr erscheinen würde, da er ja vom Norden her kam und bis zum Morgen die ganze südliche Hälfte erledigen mußte. Über manche Dinge dachte ich wirklich sehr gründlich nach. Leider nur über manche.

Ich war so in meine eigenen Pläne versunken, daß ich kaum merkte, was für Sorgen meine Mutter hatte. »Sonny« und ich gingen meistens mit ihr in die Stadt, und während sie einkaufte, standen wir solange vor einem Spielzeugladen in der Hauptstraße und besprachen, was wir gern zu Weihnachten haben wollten.

Als mein Vater am Heiligabend von der Arbeit heimkam und meiner Mutter das Haushaltsgeld gab, blickte sie es ungewiß an und stand da und war ganz blaß. »He?« fuhr er sie ärgerlich an, »stimmt's nicht?«

»Ob's stimmt?« flüsterte sie leise. »Am Heiligabend?«

»Ja, denkst du etwa, ich bekomme mehr, weil's Heiliger Abend ist?« fragte er und steckte die Hände in die Hosentaschen, als wollte er beschützen, was er für sich zurückbehalten hatte.

»Gott im Himmel!« stammelte sie bestürzt. »Und kein bißchen Kuchen im Haus, keine Kerze und gar nichts!«

»Meinetwegen!« schrie er und stampfte auf. »Wieviel kostet die Kerze?«

»Ach, um Himmels willen«, rief sie, »gib mir doch das Geld und rede nicht so vor den Kindern. Glaubst du, ich will sie ohne alles lassen an diesem einen Tag im Jahr?«

»Zum Kuckuck mit dir und den Kindern!« murrte er. »Soll ich mich das ganze Jahr abschuften, damit du Geld für Spielzeug aus dem Fenster wirfst? Da!« sagte er und schleuderte zwei Geldstücke auf den Tisch. »Richte dich damit ein! Das ist alles, was ich dir geben kann!«

Verbittert entgegnete sie: »Der Rest wird wohl ins Wirtshaus wandern!«

Später ging sie in die Stadt, nahm uns aber nicht mit und kehrte mit einer Menge Pakete zurück; auch eine

Weihnachtskerze hatte sie. Wir warteten mit dem Tee auf Vater, aber er kam nicht. So tranken wir Tee und aßen jeder eine Scheibe von dem Weihnachtskuchen. Dann stellte Mutter »Sonny« auf den Küchenstuhl, damit er Weihwasser auf die Kerze sprengte. Er mußte sie anzünden und dabei sagen: »Himmlisch' Licht, erhelle unsre Herzen!« Ich merkte wohl, wie meine Mutter sich grämte, weil Vater nicht da war. Der Älteste und der Jüngste hätten es tun sollen. Als wir vor dem Zubettgehen unsere Strümpfe aufhängten, war er immer noch nicht da. Und dann begann für mich die schlimmste Nacht meines Lebens. Ich war hundemüde, aber ich hatte Angst, die Eisenbahn könnte mir entgehen, darum überlegte ich, was ich dem Weihnachtsmann sagen wollte. Ich mußte mir verschiedenerlei ausdenken, je nachdem, was für einer er war. Manche alte Herren haben gern artige, bescheiden sprechende Jungen; andre sind mehr für ein fixes Mundwerk. Als ich mir alles vorgebetet hatte, wollte ich »Sonny« wecken, um Gesellschaft zu haben, aber der Bursche schlief wie ein Toter. Vom Shandon schlug's elf Uhr. Bald danach hörte ich die Tür gehen, aber es war nur mein Vater, der nach Hause kam.

»Hallo, mein Schätzchen!« sagte er und tat überrascht, weil meine Mutter auf ihn gewartet hatte. Dann wurde er unsicher und fing an zu kichern: »Was is'n noch so spät?«
»Willst du dein Nachtessen?« fragte sie kurz.

»Nein, nicht nötig«, sagte er. »Ich habe auf dem Heimweg bei Daneen ein bißchen Schweinebacke bekommen. (Daneen war mein Onkel.) Schweinebacke eß' ich schrecklich gern! – Meine Güte!« rief er und tat noch überraschter, »ist's denn schon so spät? Wenn ich das gewußt hätte, wär' ich zur Mitternachtsmesse in die Kapelle gegangen. Das *Adeste* würde ich gern wieder hören. Das ist ein Choral, den ich sehr gern habe. Ein ergreifender Choral!« Und er begann, ihn mit Fistelstimme zu summen: *»Adeste, fideles, Solus domus dagus.«* Lateinische Hymnen liebte mein Vater sehr, besonders wenn er einen Schluck getrunken hatte, aber da er nie mit den Worten zurechtkam, erfand er sich welche, während er sang, und das machte meine Mutter immer wild.

»Ach, du bist ekelhaft!« rief sie mit erstickter Stimme und zog die Tür hinter sich zu. Mein Vater mußte darüber lachen, als wenn es ein großartiger Witz wäre. Dann zündete er ein Streichholz an, um sich seine Pfeife anzustekken, und eine Weile paffte er geräuschvoll vor sich hin. Das Licht unter der Tür wurde blasser und erlosch, aber noch immer sang er gefühlvoll weiter: *»Dixie medearo, Tutum tonum tantum, Venite adoremus.«* Er sang laut und ganz falsch, aber die Melodie kam mir wie ein Wiegenlied vor. Und hätt's mein Leben gekostet, ich konnte mich nicht länger wach halten.

Gegen Morgen erwachte ich von dem Gefühl, daß etwas Schreckliches passiert sein mußte. Alles im Haus war still, und im kleinen Schlafzimmer, das auf den dunklen Hof blickte, war es pechrabenschwarz. Erst als ich aufs Fenster schaute, konnte ich sehen, wie schon das ganze Silber erloschen war. Ich sprang aus dem Bette und fühlte nach meinem Strumpf, aber ich wußte von vornherein, daß das Schlimmste eingetroffen war. Der Weihnachtsmann war dagewesen, während ich schlief, und er war mit einem vollkommen falschen Eindruck von mir wieder weggegangen, denn alles, was er dagelassen hatte, war eine Art gefaltetes Buch, eine Feder, ein Bleistift und eine Zehnertüte mit Bonbons. – Nicht mal ein Schnippschnapp-Spiel! Eine Weile war ich so vor den Kopf geschlagen, daß ich nicht denken konnte. Ein Bursche, der über die Dächer reiten und die Kamine hinunterklettern konnte, ohne steckenzubleiben – nein, wahrhaftig –, sollte man nicht annehmen, er wäre gescheiter?

Dann dachte ich, was wohl der hinterlistige Kerl, der »Sonny«, bekommen hätte. Ich ging zu seiner Bettstelle hinüber und befühlte den Strumpf. Trotz aller Buchstabiererei und Kriecherei hatte er nicht so viel besser abgeschnitten, denn außer der Tüte Bonbons hatte der Weihnachtsmann ihm bloß eine Knallbüchse gegeben – eine, mit der man einen festgebundenen Korken abschießen kann, und die in jedem Kramladen für ein paar Fünfer zu haben war. Immerhin, deshalb blieb es doch eine Pistole, und eine Pistole war mehr wert als ein Buch, das war so sicher wie etwas. Die Doherty-Bande kämpfte gegen die Jungen aus der Feldgasse, die immer in unserer Straße Fußball spielen wollten. Darum kam mir der Gedanke, daß ich die Pistole verteufelt gut gebrauchen könnte, während sie »Sonny« überhaupt nichts nützte, denn die Dohertys würden ihn nie mitspielen lassen, selbst wenn er's gewollt hätte.

Dann hatte ich eine wie mir schien geradezu göttliche Eingebung: Wenn ich mir die Pistole nähme und »Sonny« das Buch gäbe? Für die Doherty-Bande war »Sonny« absolut unbrauchbar – aber er buchstabierte gern, und ein so fleißiges Kind konnte aus meinem dicken Buch da tüchtig buchstabieren lernen. Den Weihnachtsmann hatte er ebensowenig wie ich gesehen, und was er nicht wußte, tat ihm nicht weh. Ich tat niemand etwas zuleide, im Gegenteil (schade, daß »Sonny« es nicht wußte), ich erwies ihm einen Gefallen. Das war von jeher meine starke Seite gewesen: andern Leuten einen Gefallen zu tun. Vielleicht war es überhaupt ursprünglich die Absicht des Weihnachtsmanns gewesen, und er hatte uns bloß beide verwechselt? Ich steckte also Buch, Bleistift und Feder in »Sonnys« Strumpf und die Knallbüchse in meinen und sprang wieder ins Bett und schlief weiter. Wie gesagt, damals war ich sehr unternehmend.

»Sonny« weckte mich auf, schüttelte mich und sagte, daß der Weihnachtsmann dagewesen sei und mir eine Pistole gebracht habe. Ich tat überrascht und ein bißchen enttäuscht wegen der Pistole, und um ihn auf andere Gedanken zu bringen, ließ ich mir sein Bilderbuch zeigen und sagte ihm, daß es ein viel schöneres Geschenk sei als meines. Es war, wie ich's mir gedacht hatte: der Junge glaubte einfach alles, und nichts konnte ihn nun abhalten, die Geschenke zu nehmen und Vater und Mutter zu zeigen. Das war ein schlimmer Augenblick für mich. Weil Mutter wegen des Schwänzens so böse mit mir gewesen war, getraute ich mich nicht, ihr noch einmal etwas vorzulügen. Immerhin hatte ich den einen Trost, daß der einzige, der mich hätte Lügen strafen können, mittlerweile wieder irgendwo am Nordpol war. Das gab mir ein bißchen Selbstvertrauen, und »Sonny« und ich stürzten ins andere Schlafzimmer, schwenkten die Geschenke und schrien aus Leibeskräften: »Seht mal, was mir der Weihnachtsmann gebracht hat!«

Meine Mutter wachte auf und lächelte. Dann erblickte sie mich und sah auf einmal ganz anders aus. Das Gesicht kannte ich. Nur zu gut kannte ich's. So hatte sie ausgesehen, als ich vom Schwänzen nach Hause kam und sie mir sagte, daß sie kein Wort von mir hören wollte. »Larry«, fragte sie leise, »wo hast du die Pistole her?« »Der Weihnachtsmann hat sie in meinen Strumpf gesteckt, Mammi«, antwortete ich und versuchte, eine gekränkte Miene aufzusetzen. »Bestimmt, 's ist die reine Wahrheit!«

»Du hast sie deinem armen Bruder aus seinem Strumpf gestohlen, während er schlief«, sagte sie und ihre Stimme bebte vor Entrüstung. »Larry, Larry, wie kannst du nur so gemein sein?«

»Aber, aber!« warf mein Vater ärgerlich ein, »am Weihnachtsmorgen!«

»Oh«, erwiderte sie nun ganz wütend, »dir macht's ja gar nichts aus. Aber glaubst du, *ich* will einen Lügner und Dieb als Sohn haben?«

»Ach, was heißt hier Dieb, Frau!« schimpfte er. »Sei doch vernünftig!« Er wurde immer böse, wenn man ihm seine Stimmung verdarb, mochte sie nun gut oder das Gegenteil sein, und diesmal war er besonders erbittert, weil er wegen des Abends vorher ein schlechtes Gewissen hatte. »Hier, Larry«, rief er und nahm Geld vom Nachttisch, »hier habt ihr jeder einen halben Schilling, du und ›Sonny‹. Paßt aber auf und verliert ihn nicht!«

Doch ich sah meine Mutter an und las die Verzweiflung in ihren Augen. Ich brach in Tränen aus, warf die Knallbüchse auf die Erde und stürzte aus der Haustür, ehe jemand auf der Straße zu sehen war. Ich rannte die Gasse hinterm Haus entlang und ins Feld. Als die Sonne aufging, warf ich mich ins nasse Gras. Jetzt verstand ich alles, und es war mehr, als ich ertragen konnte: daß die Dohertys recht hatten, daß es keinen Weihnachtsmann gab, sondern daß meine Mutter ein paar Rappen vom Haushaltsgeld zusammenkratzte – daß mein Vater gemein und schlecht und ein Trunkenbold war und daß meine Mutter darauf gerechnet hatte, ich solle meinen Weg machen und sie aus dem elenden Leben erlösen, das sie jetzt führte. Und ich begriff, daß die Verzweiflung in ihren Augen Angst war, – Angst, daß ich wie mein Vater ein Lügner, Dieb und Trunkenbold würde.

Von dem Tage an war meine Kinderzeit zu Ende.

Frank O'Connor

Komm her einmal, du liebes Buch;
Sie sagen immer, du bist so klug.
Mein Vater und Mutter, die wollen gerne,
Daß ich was Gutes von dir lerne
Drum will ich dich halten an mein Ohr;
Nun sag mir all deine Sachen vor.

Was ist denn das für ein Eigensinn,
Und siehst du nicht, daß ich eilig bin?
Möchte gern spielen und springen herum,
Und du bleibst immer so stumm und dumm?
Geh, garstiges Buch, du ärgerst mich,
Dort in die Ecke werf ich dich.«

Wilhelm Hey

Das Papier und die Tinte

Ein Blatt Papier, das zusammen mit anderen, ihm ähnlichen Blättern auf einem Schreibtisch lag, sah sich eines Tages mit Zeichen bedeckt. Eine Feder, in schwärzester Tinte gebadet, hatte es mit vielen Wörtern und Zeichen übersät.

»Konntest du mir diese Erniedrigung nicht ersparen?«, sagte das Blatt erzürnt zur Tinte. »Du hast mich besudelt mit deiner höllischen Schwärze und für immer ruiniert!«

»Warte ab«, antwortete ihm die Tinte. »Ich habe dich nicht besudelt, sondern dich mit Sinnbildern versehen. Jetzt bist du kein Blatt Papier mehr, sondern eine Botschaft. Du bewahrst den Gedanken des Menschen und bist somit ein kostbares Instrument geworden.«

Und in der Tat: Bald darauf machte jemand Ordnung auf dem Schreibtisch, sah die verstreuten Blätter und wollte sie ins Feuer werfen. Unversehens kam ihm das »besudelte« Blatt in die Hand, und er schied es von den anderen und legte es zurück auf seinen Platz, weil es unübersehbar die Botschaft der menschlichen Intelligenz trug.

Leonardo da Vinci

Die große Decke

Der Gouverneur, von mir befragt, was nötig wäre
Den Frierenden in unsrer Stadt zu helfen
Antwortete: Eine Decke, zehntausend Fuß lang
Die die ganzen Vorstädte einfach zudeckt.

Brecht

Einmal brachte eine Mutter ihren Sohn zum Rabbi. Da fragte der Rabbi den Jungen: »Ich gebe dir einen Gulden, wenn du mir sagst, wo Gott wohnt.« Er antwortete: »Und ich gebe dir zwei Gulden, wenn du mir sagen kannst, wo er nicht wohnt.«

Martin Buber

Das Wintermärchen

Es waren einmal zwei Könige, die liebten einander wie Brüder, obwohl ihre Reiche weit voneinander entfernt lagen. Der eine, König Leontes, war Herrscher im Südland, in dem nie Schnee fiel und wo an den Bäumen längs der Wege Zitronen, Apfelsinen und Bananen hingen, von denen jeder nach Herzenslust pflükken konnte.

Sein Freund, König Polyx, war Herrscher im Nordland, wo Bären und Wölfe durch Schneestürme brüllten und die Fluren nur drei Monate im Jahr grünten. Als Knaben waren sie zusammen aufgewachsen, Zwillingslämmern gleich, die blökend im Sonnenschein miteinander spielen, und sie hatten gelobt, daß der eine des andern Freund sei für alle Zeit. Dieses Gelöbnis hatten sie zwanzig Jahre lang treu gehalten, und sooft es nur ihre Geschäfte erlaubten, hatten sie einander besucht und sich einer Freundschaft erfreut, die unzerstörbar schien.

An einem schönen Maientag aber wurden die beiden Könige dennoch entzweit, und das kam so. König Polyx war so lang wie nie zuvor, nämlich neun Monate schon, bei König Leontes zu Gast gewesen und wollte, von Sorgen um sein Land geplagt, endlich Abschied nehmen. Vergebens bat König Leontes seinen Freund, noch wenigstens eine Woche zu bleiben, und als all sein Bitten nicht half, forderte er seine Frau, die wunderschöne Königin Hermione, auf, den Freund zum Bleiben zu überreden. Das tat sie auch, und sie bat den Gast mit so lieblicher

Stimme und mit so bewegenden Worten, daß er sich schließlich bereit erklärte, noch eine Woche lang bei ihnen zu verweilen.

Nun hätte sich König Leontes eigentlich freuen müssen, doch anstatt sich zu freuen, dachte er: Meiner Frau ist etwas gelungen, was mir nicht gelang! Und da er dies dachte, ärgerte er sich, denn er war ein eingebildeter und eitler Mann, und da er sich ärgerte, sah er scheel auf die wunderschöne Königin Hermione, und da er sie so scheel ansah, zog ein finstrer Schatten in sein Herz. So wie urplötzlich ein Fieber einen gesunden Menschen überfallen und seinen Leib beben und sein Hirn tanzen machen kann; so wie am klaren blauen Himmel sich plötzlich aus nichts und nichts Gewitter schwarz zusammenbrauen können, so überfiel mit einem Mal ein schändlicher Wahn des Königs Herz. Er glaubte, daß König Polyx und die wunderschöne Königin Hermione sich heimlich verabredet hätten, ihn, König Leontes, zu ermorden, einander zu heiraten und gemeinsam sein Südreich in Besitz zu nehmen.

Dieser Wahn war vollkommen töricht. Es wäre Polyx und Hermione nicht einmal im Traum in den Sinn gekommen, derart Schändliches zu denken. Aber König Leontes hatte sich nun einmal in den Kopf gesetzt, die beiden seien ein untreues und mordlustiges Paar, und weil König Leontes keinen Widerspruch vertrug, widersprach er nicht einmal seinem eigenen Verdacht. Er sah scharf auf die zwei und erblickte plötzlich in allem, was sie taten, nichts als Mordgier und Verrat. Wenn sie zusammenstanden und miteinander sprachen, glaubte Leontes, sie sprächen von Gift und Dolch; wenn Hermione ihrem

Gast die Hand reichte, dachte Leontes, sie beschlössen mit ihrem Händedruck das geheime Bündnis, und wenn die beiden dann gar lachten, meinte er, sie freuten sich schon über das Gelingen ihrer Tat. Ja selbst wenn sie überhaupt nicht zusammen waren, nährte das des Leontes Wahn: Er dachte dann, sie hätten sich nur getrennt, um keinen Verdacht aufkommen zu lassen. Kurzum, die Südkönigin und ihr Gast, der Nordkönig, konnten tun, was sie wollten, sie stachelten damit nur des Leontes Irrwahn, der am Morgen aus dem Nichts begonnen hatte und am Abend schon so riesig und finster war, daß der König gedachte, seinen Freund zu ermorden und sein Weib in den Kerker zu werfen.

König Leontes hatte einen Rat, der Camillo hieß. Den ließ er zu sich rufen und fragte ihn: »Sag mir, Camillo, wird mein Freund, der Nordkönig Polyx, noch bei uns bleiben?«

»Aber gewiß«, sagte Camillo.

»Und warum?« fragte Leontes.

»Aber das wißt Ihr doch so gut wie ich«, sagte Camillo, »der Nordkönig bleibt noch eine Woche bei uns, weil die wunderschöne Königin Hermione ihn darum gebeten hat!«

»Soso, die Königin hat ihn drum gebeten«, sagte Leontes, »gibt dir das nicht zu denken, Camillo?«

»Ich versteh Euch nicht, Herr«, sagte Camillo erstaunt, »was soll mir das zu denken geben?«

»Das will ich dir sagen«, rief Leontes, »ich denke, daß die Königin eine gemeine Verräterin ist und daß sie und der Nordkönig mich umbringen wollen, um mein Reich und meinen Thron zu erben!«

Camillo erschrak.

»Wie könnt Ihr solche furchtbaren Worte auch nur aussprechen, Herr König«, sagte er entsetzt, »Worte, für die Ihr nicht den Schatten eines Beweises habt!«

»So, keine Beweise?« fuhr Leontes auf, der keinen Widerspruch vertrug. »Keine Beweise, sagst du, keine Beweise? Beweise genug und übergenug! Man muß nur seine Augen brauchen! Sie tuscheln, sie wispern, sie flüstern miteinander, sie drücken einander die Hände und lächeln einander verstohlen an – sind das nicht Beweise in Hülle und Fülle?«

Camillo schüttelte den Kopf.

»Es ist doch die Pflicht der Königin, ihren hohen Gast zu unterhalten und mit ihm zu sprechen und ihm die Hand zum Kuß zu reichen«, sagte er. »Ihr müßtet sie schelten, wenn sie das nicht täte, Herr König, und dürft ihr doch nicht als Schuld aufrechnen, was nur ihre Pflicht ist!«

Doch Camillo konnte sprechen, wie immer er wollte, er steigerte nur den Wahn seines Herrn, denn nicht Nessel noch Dorn noch giftige Wespen zwacken so sehr wie ein falscher Verdacht.

»Widersprich mir nicht, Camillo!« rief König Leontes. »Ich müßte ja wahnsinnig sein, wenn ich solche Gedanken über meine Frau und meinen Freund hegte, ohne die triftigsten Gründe dafür zu haben. Ich müßte ja wahnsinnig sein, wenn ich mein Gemüt so quälte, ohne den klarsten Schuldbeweis! Glaubst du von deinem König, daß er wahnsinnig ist?«

Camillo schwieg. Er wußte, daß der König ihn umgebracht hätte, wenn er ja gesagt hätte.

»Du schweigst, also habe ich recht, und du mußt tun, was ich dir befehle«, sagte Leontes. »Du wirst heut abend dem Nordkönig ein starkes Gift in den Wein schütten. Du bist sein Mundschenk und kannst es unbemerkt tun. Hast du verstanden?«

»Ich höre und gehorche!« sagte Camillo.

Leontes schlug ihm auf die Schulter. »Ich weiß doch, daß ich mich auf dich verlassen kann! Du bist und bleibst der beste meiner Räte!« so sagte er.

Ja, Camillo war ein guter Rat; er liebte seinen Herrn, den König Leontes, von ganzem Herzen, obwohl das manchmal gar nicht leicht war, und eben weil er seinen König so liebte, beschloß er, nicht nach dessen Befehl zu handeln. Er sagte sich: Wenn ich jetzt dem Befehl des Königs folge, werde ich von ihm geehrt und beschenkt und vielleicht gar zum Fürsten ernannt, doch mein König und ich wären dann Mörder geworden. Wenn ich weiterhin widerspreche oder den Befehl nicht ausführe, läßt mich der König köpfen. Wenn ich schweigend den Hof verlasse, wird sicherlich ein andrer den Mordbefehl ausführen, denn all die andern Räte sind feige und reden dem König nur nach dem Mund. Was muß ich also tun, um meinem Herrn auch jetzt noch richtig zu dienen, auf daß er nicht zum Mörder werde? Ich muß König Polyx warnen und heute nacht noch mit ihm fliehn!

Gedacht, getan! Camillo enthüllte dem Nordkönig den Wahn und Anschlag des Leontes, und heimlich zur Nacht bestiegen die beiden ein Schiff und segelten nach dem Nordreich. Als König Leontes von der Flucht seines Rates Camillo und des Nordkönigs erfuhr, schäumte er vor Wut. Er rief alle seine andern Räte zusammen und eilte mit ihnen ins Gemach der Königin.

Die wunderschöne Königin Hermione saß gerade mit ihrem Söhnlein, dem Prinzen Mamillius, vor dem Balkon. Sie hatte dem kleinen Prinzen Sommermärchen vorgelesen, sonnige, fröhliche Sommermärchen von Fröschlein und Feen und Schmetterlingen, und nun sollte der Prinz seiner Mutter zur Abwechslung ein winterlich-trauriges Märchen von Hexen und Gespenstern erzählen, und da das Prinzlein sich schämte, laut zu sprechen, flüsterte er's seiner Mutter ins Ohr. »Es war einmal ein Mann, der wohnte nah an einem Friedhof« – so begann er zu erzählen, und er hatte kaum diesen Satz beendet, da stürmte König Leontes wie ein wilder Büffel ins Gemach, und hinter ihm trippten und trappten seine Räte.

»Schon wieder Gewisper, schon wieder Getuschel, schon wieder Verrat!« schrie Leontes, als er des Prinzen Mund am Ohr Hermiones erblickte.

Hermione sah verwundert ihren Mann an, der mit funkelnden Augen unter einer aufgeblähten Stirnader vor ihr stand. »Was soll das heißen, mein Gemahl?« so fragte sie. »Soll das etwa ein Scherz sein?«

»Du bist eine gemeine Verräterin!« schrie Leontes. »Du hast dich mit dem König Polyx zusammengetan, um mich zu ermorden und meines Reiches zu berauben, und der saubere Herr Camillo war der Dritte in eurem Bunde!« Allen Räten erstarrte das Blut in den Adern, als sie diese ungeheuerlichen Anwürfe hörten. Hermione aber erhob sich und sagte voll Würde: »Ihr tut mir mit Euren Worten unrecht, und Ihr tut mir sehr weh, mein

Gemahl! Nie habe ich solche Schändlichkeiten im Sinn gehabt!«

»Wag mir nicht zu widersprechen, du ruchloses Weib!« schrie Leontes. »Warum ist denn König Polyx bei Nacht und Nebel geflohn und der Schurke Camillo mit ihm? Weil er ein rabenschwarzes Gewissen hatte und euren Mordplan aufgedeckt sah! Vorwärts, Wache, werft sie ins Gefängnis!«

Die Königin erkannte, daß Leontes von seinem Wahn nicht abzubringen war. »Ich bin schuldlos«, sagte sie ruhig, »und es wird die Zeit kommen, die meine Unschuld beweisen wird. Wollt Ihr mich aber wirklich in den Kerker werfen, so gebt mir wenigstens meine Kammerfrau Paulina mit. Ihr wißt, daß ich ein Kind unterm Herzen trage, dem ich bald das Leben schenken will. Ihr könnt das unschuldige Wesen doch nicht ohne Pflege lassen!«

»Dieses Kind will ich gar nicht mehr sehn!« rief Leontes. »Aber nehmt meinethalben Eure Kammerfrau mit! Niemand soll sagen, daß ich rechthaberisch oder grausam sei!«

Hermione küßte das Prinzlein, dem die Tränen über die Wangen liefen. »Leb wohl, mein Prinz, lebt wohl, mein Gemahl!« sagte die edle Königin. »Ich wünsche euch beiden, daß ihr nie so betrübt sein müßt, wie ich es jetzt bin!« Dann folgte sie der Wache in den Kerker, und die Kammerfrau Paulina begleitete sie.

Als der Prinz Mamillius aber sah, daß seine Mutter wie eine gemeine Verbrecherin abgeführt wurde, befiel ihn auf der Stelle ein hitziges Fieber, so daß er eilends zu Bett gebracht werden mußte.

Kaum hatte der Prinz den Raum verlassen, da begannen die Räte des Königs zu hüsteln und sich zu räuspern, und jeder erwartete vom andern, daß der als erster spreche. Die Räte waren nämlich klug genug zu erkennen, daß König Leontes in heillos blindem Rasen gesprochen hatte, doch keiner von ihnen war mutig genug, ihm das zu sagen. Schließlich, nachdem sie eine Weile verlegen herumgedruckst hatten und die Stille unerträglich geworden war, begann ein Rat, der Antigonus hieß und Paulinas Mann war, schüchtern also zu reden: »Herr König, ich bitte Euch untertänigst, wollet die Königin zurückholen lassen, daß sie sich gegen Eure Beschuldigungen ordentlich verteidigen kann!«

Als die andern das hörten, wurden sie ein ganz klein wenig mutiger und begannen ebenfalls, vorsichtig für die Königin zu sprechen, doch als König Leontes sie drohend ansah, wurden ihre Stimmen leiser und leiser, und als der König voll Zorn mit der Hand durch die Luft schlug, verstummten sie ganz.

»Ich brauche euren Rat nicht!« schrie Leontes. »Ich bin ein König und kann tun und lassen, was ich will, und wenn ich der Königin jetzt auf der Stelle den Kopf abschlüge, dürftet ihr allesamt keinen Muckser tun! Doch die Welt soll mich nicht ungerecht nennen! Da ich kein Tyrann bin und ein mildes Herz habe, werde ich die Königin vor ein Gericht stellen, wo sie sich ordentlich verteidigen kann! Ja, ich will noch mehr tun: Ich will sofort meine Boten zum Wahrsagegott Apollo nach Delphi senden und ihn in dieser Sache um Rat fragen! Bis dahin aber verbiete ich, daß jemand auch nur ein Wort für das treulose Weib verliert! Hört und gehorchet!«

»Wir hören und gehorchen«, murmelten die Räte und standen demütig mit gesenkten Köpfen um ihren König herum, wie eine Schafherde, die ein Gewitter über sich spürt. Von all diesen Männern war keiner Manns genug, dem König die Wahrheit ins Gesicht zu sagen und die Unschuld der Königin zu bezeugen. Jeder dachte bei sich: Mir zerreißt es das Herz, aber was kann ich tun? Wenn ich ein Wort für die Königin spreche, verliere ich meine Stelle oder werde vielleicht gar ins Gefängnis geworfen! Also will ich lieber schweigen. Der König wird schon wissen, was er tut! Vielleicht hat er sogar recht. Sicher wird er recht haben! So suchten sie ihr schlechtes Gewissen zu beschwichtigen.

Nun, wenn die Männer keine Männer mehr sind, so muß eben eine Frau den nötigen Mut aufbringen, und diese Frau war Paulina, die Kammerfrau der Königin. Sie war mit ihrer Herrin in den finstren Kerker gegangen und Zeugin gewesen, wie Hermione auf einem Lager aus blankem Stroh einem Mägdlein das Leben gegeben hatte. Mit diesem Kindlein auf dem Arm trat sie nun vor den Thron, auf dem König Leontes wie ein kollernder Truthahn saß.

»Was willst du?« fuhr er Paulina an.

»Ich komme von Eurer guten Königin!« sagte Paulina.

»Werft sie hinaus!« rief König Leontes. »Ich kenne keine gute Königin!«

Paulina musterte mit kühnem Blick die feigen Männer, unter denen sich auch ihr Gemahl Antigonus befand. Keiner wagte, ihr ins Auge zu sehn, und keiner wagte, sie anzurühren.

»Hast du nicht gehört, Antigonus«, sagte König Leontes drohend, »befiehl deinem aufsässigen Weib, sofort aus dem Thronsaal zu gehen!«

»Herr, sie hört ja nicht auf mich!« lispelte Antigonus mit kläglicher Stimme. Das war eine komische Antwort, doch keiner wagte auch nur den Mund zu verziehen, denn Paulina legte, anstatt dem König zu gehorchen, gar das Kindlein auf die Stufen des Throns.

»Ich bringe Euch Euer Kind, König Leontes«, sprach Paulina, »die gute Königin hat es im Kerker zur Welt gebracht, doch es soll nicht im Kerker aufwachsen!«

»Ich will das Kind nicht sehn!« brüllte Leontes und winkte Antigonus mit dem Finger. Antigonus trat neben Paulina. »Gib diesen Wechselbalg da deinem Weib zurück und wirf sie auf der Stelle hinaus, sonst nenne ich dich einen Verräter und lasse dir den Kopf abschlagen!« schnaubte der König.

Antigonus wußte nicht, was er tun sollte, und wand sich wie ein Regenwurm am Angelhaken.

»Ich bin wirklich kein Verräter, Herr!« stammelte er schließlich.

Paulina schämte sich ihres feigen Mannes. »Ich will Euch etwas sagen, Herr König«, sprach sie, »da keiner dieser Waschmänner Euch etwas zu sagen wagt. So wisset denn: Der einzige Verräter, den es hier im Saal gibt, das seid Ihr!«

Bei diesen Worten fror all den feigen Männern der Atem ein. Sogar dem König Leontes verschlug es die Sprache. Solche kühnen Worte hatte er noch nie gehört. Paulina aber stand stolz vor dem Thron und führte ihre Rede zu Ende.

»Ja, ein Verräter seid Ihr, ein vierfacher Verräter«, so

sprach sie. »Ihr habt Eure Ehre verraten, Ihr habt die gute Königin Hermione verraten, Ihr habt Euren besten Freund verraten, und nun verratet Ihr Euer eigenes Kind! Ihr seid ein wilder Tyrann, der vor Eifersucht toll ist und vor Einbildung bald platzen wird, das ist die Wahrheit, und wenn Euch das keiner der Männer zu sagen wagt, so will ich, eine Frau, es Euch sagen! Euer Wahn ist eine einzige verfaulte Lüge; der Bau Eurer Anklage ist morsch bis zum Grund!« So sprach die tapfere Paulina. Die Männer standen wie versteint und starrten auf die Spitzen ihrer vergoldeten Schnabelschuhe, der König aber war aufgesprungen und schrie nun, irr mit dem Zepter fuchtelnd: »Stopft der Hexe das Maul! Werft sie endlich hinaus! Hetzt die Hunde auf sie! Laßt sie verbrennen! Was rührt ihr euch nicht? Soll ich euch allen den Kopf abreißen?«

Ach, wären jetzt nur die Räte aufgestanden und hätten sich mutig an die Seite Paulinas gestellt – der König hätte von seinem Wahn ablassen müssen! Ach, wären jetzt seine Mannen auch Männer gewesen, hätte wenigstens Antigonus sich auch nur halb so tapfer wie sein Weib gezeigt! Viel Leid, viel Unrecht hätte vermieden werden können, und Antigonus lebte vielleicht heute noch! So aber schwiegen die Räte und krümmten sich und senkten die Köpfe und wagten Leontes nicht zu widersprechen und wagten mit einem letzten Rest von Scham auch nicht, Hand an Paulina zu legen, die immer noch aufrecht vor dem König stand. Sogar als Leontes schrie, daß er sie samt dem Kind auf den Scheiterhaufen werde werfen lassen, zeigte sie keine Furcht.

»Gewiß könnt Ihr mich verbrennen lassen, König Leontes«, sagte sie stolz, »aber Ihr werdet dadurch nicht recht bekommen, und die ganze Welt wird voll Abscheu auf Euch schaun! Doch ich sehe, mit Euch ist nicht zu reden, und von den Männern hat keiner den Mut, Eurer Raserei zu widerstehn. So will ich denn in den Kerker zurückgehn, das Kindlein aber nehmt zu Euch!«

Mit diesen Worten wandte sie sich um und schritt, ohne sich noch einmal umzublicken, hinaus. Zur Erde gekrümmt wie ein Ährenfeld, auf das Hagel geschlagen hat, standen die Höflinge um den Thron. König Leontes' Augen rollten wie im Fieber.

»Du bist ein gemeiner Verräter, Antigonus!« kreischte er. »Du hast dein Weib aufgehetzt, mir die größten Frechheiten zu sagen – schweig, wag nicht zu widersprechen, schweig! Es gibt nur ein Mittel, dich gehorsam zu zeigen und meine Gunst wiederzuerringen! Laß sofort ein Schiff rüsten und fahre mit diesem Kind in ein fernes Land und setz es dort in der wüstesten Gegend aus, die du kennst! Dort mag es sich dann kümmern! Es soll nämlich keiner sagen, daß ich ein Tyrann sei und Kinder töten ließe! Schwör bei deinem Schwert, meinen Willen zu vollstrekken!«

Der König sprach's, und Antigonus, der feige Mann der tapfren Paulina, kniete nieder und legte seine Linke an sein blankes Schwert, die Rechte aber streckte er zum Himmel und sprach: »Ich schwöre und gehorche!«

»Gut«, sagte König Leontes, »es ist dein Glück, daß du dich gehorsam zeigst!«

Antigonus erhob sich, nahm das Kind auf den Arm und eilte hinaus, froh, dem wütenden König mit heiler Haut entkommen zu sein, auch wenn es das Leben des Kindleins kosten sollte. Es wäre ihm ein leichtes gewesen, das Kind einem braven Mann zur Pflege zu geben, aber selbst dazu war er zu feig: Er rüstete das Schiff und stach in See. Leontes aber befahl, Späher auf allen Türmen seines Schlosses aufzustellen, die Ausschau nach den Boten halten sollten, die er zum Wahrsagegott Apollo abgesandt hatte.

Sobald sie mit dem Spruch des Gottes sich nahten, sollte Gericht über die Königin gehalten werden, und König Leontes zweifelte nicht daran, daß der Spruch Apollos ihm recht und der Königin unrecht geben würde. So wartete er auf die Boten mit Ungeduld.

Der Wahrsagegott Apollo hatte seinen Wohnsitz in einem Marmortempel in Delphi, einem piniengrünen, von süßen Lüften umflossenen Tal inmitten steil aufragender rostroter Berge. Der Tempel war umrahmt von zweiunddreißig schimmernden Säulen, und in seinem Innenraum brannte auf einer dreifüßigen Schale ein Feuer, das Tag und Nacht mit köstlich duftenden Hölzern und Harzen genährt wurde. Der Gott Apollo kannte alle guten und schlechten Taten der Menschen und wog ihre Schuld und Unschuld mit gerechtem Maß. Um aber seinen Urteilsspruch zu erlangen, mußte man seinen Dienern, den Priestern, eine wertvolle Gabe stiften: ein wohlgemästetes Rind oder ein feuriges Araberroß, einen Topf voll duftender Gewürze oder ein purpurfarbenes Gewand, einen goldenen Becher oder ein Fäßlein funkelnden Weins – kurzum, etwas, was schön und wertvoll war. Hatte man dies getan, teilte man den Priestern die Fragen mit, auf die Apollo antworten sollte, danach schritten die Priester ins Tempelinnere, das nur sie betreten durften, und Apollo beantwortete ihre Fragen mit einer Stimme, die nur sie allein verstanden und die anderen Menschen wie grollender Donner klang. Die Antwort schrieben die Priester auf ein Täfelchen aus Wachs, dann legten sie dies Täfelchen in eine Kupferhülle, versiegelten sie und händigten schließlich den Boten den solcherart verschlossenen Spruch, der Orakel genannt wurde, aus.

Ein solches Orakel hatten also auch die Boten des Königs Leontes empfangen; sie hatten den Priestern in Delphi zugleich mit ihren Fragen einen prachtvollen weißen Stier überreicht, hatten Apollos Donnerantwort gehört, wenn auch nicht verstanden, und legten nun wohlbehalten mit ihrem Orakel im Hafen von Südland an. Als König Leontes die versiegelte Kupferhülle in der Hand hielt, versammelte er eilig seine Räte zum Gericht. »Ich könnte ja der ungetreuen Königin einfach den Kopf abschlagen lassen«, sagte er ihnen, »aber weil ich ein edler und gerechter Herrscher und kein Tyrann bin, will ich in aller Öffentlichkeit über sie urteilen!«

Er setzte sich, die Krone auf dem Haupt und das Zepter in der Rechten, auf seinen Thron, und rechts und links zu seiner Seite standen im Halbrund die feigen Räte. Trompeten erschallten. »Man führe das ungetreue Weib vor mein Angesicht, auf daß ich über ihre Missetaten den Schiedsspruch spreche!« befahl König Leontes. Das geschah. Mit Ketten an Händen und Füßen wurde Hermione vor den Thron geführt. An ihrer Seite aber schritt die tapfere edle Paulina.

»Bekennst du dich schuldig des Verrats und der Mordgier, elendes Weib?« fragte der König.

Hermione hob stolz den Kopf.

»Ich bin unschuldig«, sagte sie, »und keiner weiß das

besser als Ihr, mein Gemahl. Ich bin die Tochter des russischen Kaisers, ich habe nie ein Unrecht getan und Euch immer geliebt. Eure Liebe aber ist es, die zu blindem Haß geworden ist! Mein Herz soll versteinen, wenn ich nur eine Spur von Unrecht getan habe!«

»Das werden wir ja gleich sehen, du unverschämte Leugnerin!« rief der König aus und hob die Kupferhülle mit dem Orakel in die Höhe. »Wirst du den Spruch des Gottes anerkennen?« fragte er.

»Mein Gewissen ist rein!« sagte Hermione.

»So brecht das Siegel auf und lest den Spruch!« befahl der König. Es war so still, daß man ein Läuschen hätte atmen hören können.

Der erste Rat, der zur Rechten des Königs stand, brach das Siegel auf und begann zu lesen, nach den ersten Worten aber stockte seine Stimme; er starrte, bleich geworden, das Täfelchen an, als ob sein eigenes Todesurteil darauf geschrieben stünde, dann reichte er es wortlos seinem Nachbarn, der, es betrachtend, ebenfalls erbleichte und das Täfelchen, ohne es vorzulesen, wiederum seinem Nachbarn weitergab. So wanderte das Orakel die ganze Reihe der Räte hinunter, und keiner wagte den Spruch zu verkünden, bis schließlich Paulina das Täfelchen ergriff und mit fester Stimme das Urteil vorlas. Es lautete:

»Es spricht und tut kund Apollo der Allwissende: Die Königin Hermione ist unschuldig; der König Polyx ein Ehrenmann; der Rat Camillo der treueste Diener seines Herren; der König Leontes aber ist ein eifersüchtiger, eitler und dummer Tyrann, der ohne Erben bleiben wird, wenn er das, was er verloren hat, nicht wiederfindet!«

So lautete der Spruch. Der guten Königin Hermione

traten zu den Tränen des Leids auch Tränen der Freude in die Augen, als sie ihn hörte; König Leontes aber sprang von seinem Thron auf, schleuderte wütend sein Zepter auf die Erde und schrie: »Das ist ja alles Lug und Trug! Das Orakel ist falsch! Der große Gott Apollo ist ein erbärmlicher Schwindler, dem man kein Wort glauben darf! Die Königin ist schuldig, das ist klar erwiesen, und ich verurteile sie drum zum Tode!«

Kaum hatte Leontes diese Frevelworte ausgesprochen, da stürzte ein Bote in den Saal und warf sich vor dem Thron auf die Knie.

»Herr König, ich bringe eine schreckliche Nachricht!« stammelte er. »Soeben ist Euer Sohn gestorben!«

Als die gute Königin Hermione diese Worte hörte, sank sie in Ohnmacht. Paulina fing sie auf und trug sie hinaus. König Leontes aber hob seine Augen zum Himmel und sprach: »Verzeih mir, großer Gott Apollo, daß ich dich gelästert habe! Der Tod meines Söhnleins zeigt, daß dein Orakel wahr ist und ich falsch gehandelt habe! Doch ich will alles wiedergutmachen, glaube mir! Ich will alles, alles, alles wiedergutmachen, nur straf mich nicht mehr! Ich will mich mit meinem Freund Polyx aussöhnen, ich will meinen edlen Rat Camillo zurückrufen, ich will Antigonus, wenn er heimkehrt, sofort wieder aussenden, das verstoßene Kindlein noch zu erretten, und vor meiner guten Königin Hermione will ich aufs Knie fallen und will sie anflehn, mir zu verzeihn!«

So redete der König Leontes, und es war noch keine Reue, es war nur Furcht vor weiterer Strafe, die aus ihm sprach. Er erhob sich vom Thron, um zu seinem Weib zu gehen, da kehrte Paulina in den Saal zurück. Ihr Gesicht war grau wie Granit und ihre Augen rot von einem tränenlosen Weinen, das nur der bitterste Schmerz erpreßt.

»Nun hast du erreicht, was du wolltest, wahnwitziger Tyrann!« so rief sie. »Nun hast du das Maß deiner Verbrechen voll gemacht! Daß du deinen Freund Polyx verleumdetest, war Narrheit; daß du deinen Rat Camillo verstießest, war Undankbarkeit; daß du dein neugeborenes Kindlein den Krähen vorwerfen ließest und meinen feigen Mann zum Mörder machtest, war Ruchlosigkeit; daß du aber das süßeste, edelste und würdigste Geschöpf, das die Erde je getragen, die gute Königin Hermione, ermordet hast, das ist die schwärzeste deiner Höllentaten! Ja, starr mich nur an, elender König, die Königin ist tot, gestorben an Gram und Herzeleid, und du, du bist ihr Mörder, du allein! Und warum häuftest du Untat auf Untat? Um einer Grille deines tyrannischen Kopfes willen, um einer Laune deines wahnsinnigen Hirns! Wehe den Königen, die nur nach ihrer Willkür handeln und speichelleckerische Räte um sich scharen! So, und nun magst du mich für diese Rede verbrennen lassen! Die Lust zu leben ist mir vergällt!«

So sprach Paulina, und die feigen Räte, die sich von ihrer Rede getroffen fühlten wie ehrlose Köter von der Peitsche, murmelten etwas von Frechheit und Frevel und toller Zunge, die man strafen müsse; König Leontes aber beugte vor Paulina das Knie und sprach, nun wirklich erschüttert:

»Kein Wort ist zu scharf, meine Missetaten zu geißeln! Du hast die Wahrheit gesprochen, du sollst in Zukunft mein Ratgeber sein! Ich aber will bittre Buße tun, will fasten und wachen und dürsten und um die Opfer meines Wahns trauern so lange, bis du mir sagst: Nun hast du genug gesühnt, nun laß es der Trauer genug sein! Kommt, liebe Räte, wir wollen schwarze Gewänder anlegen und unser Haupt verhüllen und weinen, weinen und weinen!«

Also geschah's. Trauer zog ins sonnige Südland ein und machte es kälter als den rauhen Norden. Kein Vogel sang, keine Blume blühte, kein Lämmerwölkchen spielte mit dem Wind. Das Land lag in Trauer, als wäre es Stein, worüber die Zeit wie Wasser dahinrinnt. Und wie lange diese Trauer wohl währte? Eine Woche? Viel länger. Einen Monat? Länger, länger! Ein Jahr? Noch immer nicht lang genug! Schon zwanzig Jahre sind vergangen, und immer noch herrscht Trauer im Südreich, immer noch blüht keine Blume und singt kein Vogel und spielt kein Lämmerwölkchen mit dem Westwind, und immer noch schlägt sich König Leontes vor Schmerz an die Brust, denn immer noch nicht hat Paulina gesagt: Nun hast du genug gebüßt! Es scheint, daß die Trauer nie aufhören wird. Doch laßt uns das Märchen weitererzählen. Zwanzig Jahre waren vergangen, und im Südreich herrschte noch immer eisige Trauer, im Nordreich aber war ein Sommer eingezogen, so freundlich und lind wie nie vordem, und das ganze Land bereitete sich auf sein schönstes und fröhlichstes Fest, das Fest der Schafschur, vor. Ihr wißt doch: Neun Monate lang herrscht im Nordland der Winter, da tosen Eisstürme über die wurzeltiefgefrorenen Fluren, und Bären und Wölfe heulen durch den treibenden Schnee. Die Schäflein verkriechen sich bibbernd unter Häcksel und Stroh, und die Menschenkinder sitzen eng aneinandergeschmiegt um den bauchigen Kachelofen und wärmen ihre frierenden Herzen an heiteren Märchen. Im Sommer aber, wenn die kleinen blauen Schmetterlinge durch die Lüfte segeln und die Wiesen und Weiden mit Gänseblümchen übersät sind wie dreiste Jungengesichter mit Sommersprossen, da eilen die Menschen ans Sonnenlicht und atmen die würzigen Lüfte mit tiefen Zügen, und Freude zieht in ihre Herzen ein. Die Schafe, die ungeduldig in ihren Pferchen zappeln, werden auf die Koppel getrieben und mit Schermessern von dem dicken Wollpelz, der ihnen im Winter gewachsen ist, befreit, und wenn dann die Wolle zu Bergen gehäuft liegt und die Glöcklein der tollenden Schafe schöner als Kirchglocken klingen, dann stellt man Tische ins Freie und trägt auf, was Küche und Keller an Leck'rem nur bieten: Gekochtes, Gerührtes, Gedämpftes, Geschmortes, Geschmalzenes und Gesalzenes, Gesottenes und Kompottenes, Genudeltes und Gestrudeltes und Gezuckertes natürlich auch, und jedermann, der just vorbeigeht, ist willkommener Gast. Bevor das Festmahl aber anhebt, wird, so will es ein alter Brauch, ein Brautpaar getraut, denn an Liebenden ist auch im rauhen Nordland kein Mangel.

So war es denn auch in diesem Jahr, und das Paar, das heiraten wollte, war ein Schäfer, der in Wahrheit ein Prinz war, und eine Schäferin, die war in Wahrheit eine Prinzessin. Wer die beiden wohl sind? Der Schäfer ist kein andrer als der Sohn des Königs vom Nordreich, Prinz Florizel, und die Schäferin, Perdita genannt, ist keine andre als die Tochter des Königs Leontes. Doch wie sind die beiden zusammengekommen? So hört denn die Geschichte des Mägdleins Perdita und ihrer Liebe zu Prinz Florizel.

Entsinnt euch: Antigonus hatte das schlafende Kindlein aus dem Thronsaal hinaus an Bord eines Schiffes getragen und war, dem Befehl des Königs getreu, nach dem wüstesten und unwirtlichsten Land gefahren, das er kannte, und das war eben das Nordreich am stürmischen Meer. Siebenmal sieben Wochen lang war er unterwegs gewesen; in der Nacht vor der Landung aber war ihm im Traum die gute Königin Hermione erschienen, hatte sich dreimal vor ihm verneigt, tief aufgeseufzt und also gesprochen: »Freund Antigonus, du bist ausgefahren, eine grausame Tat zu vollbringen. Wisse, dafür wirst du das Südland und dein Weib Paulina nicht wiedersehn! Ich aber bitte dich um eine gute Tat vor deinem Sterben. Da mein Töchterlein nun einmal verloren ist, so gib ihr den Namen Perdita, das heißt: Die Verlorene. Schreib ihn auf ein Täfelchen nieder und lege es ihr auf die Brust und gib ihr zum Andenken von ihrer Mutter diesen Schmuck!« Mit diesen Worten überreichte die gute Königin dem Antigonus ein Kettlein aus Gold und verschwand.

Antigonus tat, wie ihm geheißen: Er setzte das hilflose Mägdlein, das in ihr seidenes Taufkleidchen gehüllt war, an einer Stelle nahe der Küste aus, legte ihr ein Täfelchen mit dem Namen Perdita auf die Brust und schmückte ihr Hälslein mit der goldenen Kette. Dann zog er einen schweren Beutel Dukaten aus der Tasche, legte ihn neben das Mägdlein und sprach dabei seufzend: »Hoffentlich findet dich ein guter Mensch, du armes Kindchen, dann soll der für seine Mühe auch belohnt sein!«

Kaum hatte er das gesagt, als gellender Hörnerklang und wüstes Geschrei erscholl und ein riesiger Bär, von Jägern verfolgt, sich auf Antigonus stürzte. Vergebens versuchte Antigonus, aufs Schiff zu entkommen; der Bär holte ihn ein und tötete ihn mit einem einzigen Prankenschlag, ehe er selbst von den Jägern erlegt wurde. Das Schiff aber versank in diesem Augenblick in den wilden Fluten.

Hinter den Jägern nun hatten ein alter und ein junger Schäfer ihre Herde heimwärts dem Stall zugetrieben, und dieser Alte sah das Mägdlein und staunte nicht schlecht über ihr seidenes Kleid und die goldene Kette und die Tafel mit dem Namen Perdita, am meisten aber staunte er, als er den Beutel mit den Dukaten aufhob.

»Das ist ein Feenkind, Junge!« rief er erfreut. »Ich habe heute nacht von Feen geträumt, und sieh da, sie legen mir ein Kindlein auf den Weg und Geld genug, uns alle auf Lebzeit zu versorgen! Komm, Junge, wir wollen das arme Ding nach Hause tragen und aufziehn, als ob's unser eigenes wäre! Vorher aber laß uns den Mann begraben, den der Bär so jammervoll zerrissen hat!«

So sprach der Schäfer und zog gerührt ein riesiges, rot und blau kariertes Schnupftuch aus der Tasche und schnaubte sich, daß die Erde bebte. Dann legten sie Antigonus ins Grab und nahmen das Kindlein Perdita zu sich, ohne zu wissen, daß sie in Wahrheit die Prinzessin des Südreichs war. Der Schäfer gab sie als seine Tochter aus, und Perdita wuchs zu einer Jungfrau heran, die an Schönheit ihrer Mutter Hermione gleichkam. Sie war das schönste Bauernmädchen im ganzen Nordland, und so war es denn kein Wunder, daß Florizel, der blondlockige Sohn des Königs Polyx, sich auf der Stelle in Perdita verliebte, als er sie das erste Mal sah, und das war, als ein entflogner Falke sich auf der Hütte des alten Schäfers niedergelassen hatte. Und als Florizel dann erkannte, daß Perdita nicht nur das schönste, sondern auch das gütigste, hilfreichste und edelste Mädchen im Lande war, viel gütiger, hilfreicher und edler als all die Damen am Königshof, da wollte er nur sie und keine andre heiraten, obwohl König Polyx ihm schon eine reiche Gräfin zur künftigen Ehefrau bestimmt und dem Prinzen bei strengster Strafe verboten hatte, eine andre Wahl zu treffen. Florizels Liebe zu Perdita aber war größer als alle Furcht vor dem Zorn seines Vaters. Er war fest entschlossen, sich heimlich mit Perdita zu vermählen. So hielt er denn, als Knecht verkleidet, beim alten Schäfer um die Hand Perditas an, und der alte Schäfer gab gern diesem künftigen Bund seinen Segen. Er wußte ja nicht, daß der Bräutigam seiner Tochter in Wahrheit der Königssohn war. Die Hochzeit aber sollte zur Schafschur sein. So laßt uns denn zur Schafschur eilen, laßt uns hinziehn zu des alten Schäfers Haus! Unser Märchen war allzulang schon traurig und winterlich düster, wir haben geseufzt und Tränen vergossen, laßt uns nun endlich lustig sein! Seht, ringsum die Flur steht im satten Grün, weiße Narzissen lugen wie holde Mädchengesichter aus den moosigen Wäldern, und Amseln, Drosseln und Lerchen schmettern ihre Lieder durch die sonnenwarme Luft. Noch fröhlicher aber als das Geschmetter der Vogelstimmen klingt das Singen und Lachen und Scherzen der festlich gekleideten Menschen, die zu des alten Schäfers Hütte ziehn.

Da kommen sie mit bunten Bändern an Wams und Mieder, die Schäfer in Stulpenstiefeln und die Schäferinnen in roten Schuhn, da ziehn Musikanten mit Dudelsack, Pfeife und Flöte vorüber, Schankwirte rollen ihre Fässer, Fleischer tragen lange Stangen mit Würsten wie eine Fahne auf der Schulter, Kuchenbäcker schieben ihre duftenden Karren, Köche mit hohen weißen Mützen schwingen ihre Kochlöffel, als wollten sie Sonne, Wölkchen und Blauhimmel zu einer duftenden Frühlingssuppe zusammenrühren, und rings um den bunten Zug tollen voll Übermut die weißgekräuselten Herden! Nun ist der Zug vorüber, und der Stimmenschwall verhallt, da eilt noch ein Nachzügler zum Fest, ein schmucker blondgelockter Schäfer, der hastet, als ob ein versteckter Magnet ihn ziehe.

Schon ist er vorbeigehuscht, doch der Staub, den sein eilender Fuß aufgewirbelt hat, ist noch nicht verweht, da taucht ein seltsames Paar auf der Landstraße auf: ein alter Mann mit wallendem schlohweißem Bart, schwer auf einen Stock und auf seinen Begleiter gestützt. Er scheint schlecht zu Fuß zu sein, der alte Mann im abgerißnen Gewand, das ihm viel zu groß ist; er verzieht das Gesicht vor Schmerz bei jedem Schritt – offenbar ist er das Laufen gar nicht gewohnt. So kommt's, daß sein Begleiter ihn beinah trägt und ihm bei jedem Schritt Mut zuspricht.

»Nur Mut, mein hoher Herr, gleich sind wir am Ziel!« hören wir den Begleiter sagen, und seine Stimme und sein Gesicht kommen uns merkwürdig bekannt vor. Sicher haben wir ihn schon einmal gesehen und gehört – aber wann und wo? »Ich will aber nicht mehr laufen!« sagt der alte Mann mißmutig, doch der Begleiter faßt ihn noch fester am Arm und sagt: »Nur noch ein paar Schritte, hoher Herr!« Und da erkennen wir den Begleiter wieder. Es ist kein andrer als der mutige Rat Camillo.

Merkwürdig! Was sucht er hier auf der Schafschur, und wer ist dieser bärtige Alte, den er mit »hoher Herr!« anredet, obwohl er doch ein Lumpengewand am Leib trägt?

Doch während wir noch überlegen, ist auch dies seltsame Paar vorübergehumpelt, und nun taucht abermals ein wunderlicher Geselle auf. Sein Wams ist aus siebenmal sieben bunten Lappen zusammengeflickt, seine Hosenbeine sind so zerschlissen, als wären sie aus flatternden Bändern geknüpft, aus seinen Schuhen gucken die Zehen wie zwei fünfköpfige Schnecken aus ihren schwarzen Gehäusen, und auf dem Rücken trägt er einen riesigen Sack.

Es ist der Taschendieb Hemdenklau, der da mit einem lustigen Lied auf den Lippen einherzieht; er ist der Sohn eines Gauklers und einer Kesselflickerin und hatte, weil er so überaus schlau und so überaus lustig war, ein Jahr lang dem Prinzen Florizel als närrischer Rat gedient; er hat in dieser Zeit dreischürigen Samt getragen und jeden Tag von Geschirr aus Silber gespeist, und dennoch hat er das Leben als Dienstmann am Hof nicht ausgehalten und lieber seine Freiheit gewählt. Einige Zeit ist er Affenführer gewesen, dann Puppenspieler, dann Bärentreiber, dann Possenreißer, dann Schaubudenausrufer, und schließlich ward er ein kleines Dieblein, vor dessen langen Fingern kein Hemd auf der Leine und kein Huhn auf dem Hof und keine Börse in der Tasche sicher sind.

Er geht und singt und überlegt, wie er am geschicktesten auf der Schafschur Beute machen könne, da sieht er einen reich geschmückten jungen Schäfer nahen. Dich schickt mir der Gott aller Diebe und Räuber zur Generalprobe! denkt Hemdenklau entzückt, und er tut etwas

Seltsames. Er versteckt seinen riesigen Sack rasch im Gebüsch, legt sich quer über die Straße, stöhnt und wälzt sich im Sand. Warum tut er das? Gleich werden wir's erfahren. Laßt uns indes dem Schäfer entgegengehn.

Der junge Schäfer – es war der Sohn des Bauern, bei dem Perdita aufwuchs – hatte den Auftrag, Südfrüchte für das Fest zu kaufen, und versuchte im Kopf auszurechnen, wieviel Geld er dafür würde ausgeben müssen, doch da er in der Schule nie aufgepaßt hatte, verrechnete er sich jedesmal.

»Ich soll zehn Pfund Rosinen kaufen«, brabbelte er vor sich hin, »zehn Pfund Rosinen, das Pfund kostet vier Dukaten, wieviel kosten dann zehn Pfund? Da muß ich wohl zehn und vier zusammenzählen – laß sehn: vier und eins, das sind drei, und die Null zählt nicht – aber das kann doch nicht stimmen? Wenn ein Pfund vier Dukaten kostet, wieso kosten dann zehn Pfund nur drei Dukaten? Halt, ich hab's: Ein Pfund kostet vier Dukaten, da fehlen bis zehn noch fünf – muß ich die nun zahlen, oder muß die der Krämer herausgeben? Egal, er wird's schon richtig ausrechnen, er hat ja auch ein Rechenbrett!« In solche Gedanken versunken, war der junge Schäfer die Landstraße hinuntergeschritten, da hörte er plötzlich Hilferufe und sah eine buntbewamste Gestalt sich stöhnend und jammernd auf der Straße wälzen. Er eilte hin.

»Was habt Ihr, guter Mann?« fragte er mitleidig. Hemdenklau stöhnte und klappte die Augendeckel auf und nieder. »Ach, lieber Herr!« stöhnte er. »Ich bin überfallen und ausgeraubt worden und verprügelt noch obendrein, sicher habe ich eine Million Prügel bekommen!« Und er stöhnte abermals herzzerreißend.

»Du armer Mensch!« rief der junge Schäfer gerührt. »Eine Million Prügel, das ist ja fast ein halbes Dutzend, das ist wirklich zuviel!«

»Die Kleider hat er mir vom Leib gerissen und mir diese gräßlichen Lumpen angezogen«, schluchzte Hemdenklau, »und meine wohlgefüllte Börse hat er mir geraubt, o weh, o weh!«

»Du armer Mensch«, sagte der junge Schäfer, »komm, ich helfe dir auf!« Er faßte Hemdenklau unter der Schulter und hob das jammernde Dieblein vorsichtig auf die Beine, und schwupps! schon war er seine Geldtasche los.

»Brauchst du etwas Kleingeld, armer Kerl?« fragte der junge Schäfer mitleidig. »Ich habe eine Menge bei mir und kann dir etwas leihn für die erste Not!«

»Nein, nein, ich bitt Euch, ich brauche nichts«, sagte Hemdenklau rasch, »ganz in der Nähe wohnt mein reicher Urgroßvater, der wird mich sicher gut versorgen!«

»So sag mir noch, wer dich überfallen und beraubt hat«, sprach der junge Schäfer.

»Ein fürchterlicher Räuber«, sagte Hemdenklau, »der gefährlichste Bandit und Wegelagerer im ganzen Nordland, der schreckliche Räuberhauptmann Hemdenklau!«

»Ach, der Hemdenklau war's«, sagte der junge Schäfer und prustete vor Lachen. »Da habt Ihr aber selbst schuld, daß Ihr Euch von diesem Burschen berauben ließet! Der Hemdenklau ist doch der feigste Schurke weit und breit, man braucht ihm nur scharf in die Augen zu sehen, da läuft er schon fort wie ein Stoppelhase!«

»So«, sagte Hemdenklau und kratzte sich am Kopf, »aber es heißt doch, er soll so furchtbar schlau sein!«

»Der Hemdenklau und schlau – du liebe Güte!« sagte lachend der junge Schäfer. »Der Hemdenklau ist doch dumm wie Bohnenstroh! Ich wollte, ich träfe einmal mit ihm zusammen, da würde ich ihn aber übers Ohr haun!«

»Nun, vielleicht trefft Ihr ihn bei der Schafschur«, sagte Hemdenklau, »nun aber lebt wohl, und vielen Dank für Eure Güte!« Er sprach's und machte sich schnell aus dem Staube; der junge Schäfer aber ging die Landstraße dahin und rechnete weiter, und erst als er beim Krämer angelangt war und vierzig Dukaten für zehn Pfund Rosinen bezahlen sollte, merkte er, daß ihm die Geldtasche gestohlen worden war, und da wußte er auch, von wem.

»Das sollst du mir büßen, Hemdenklau«, rief er wütend, »warte nur, wenn ich dich noch einmal wiederseh!«

Vor des alten Schäfers Haus hatten sich indes die Gäste versammelt: Schäfer und Schäferinnen, Musikanten, Schankwirte, Fleischer, Garköche und Brezelbäcker, und auch Camillo und der alte Mann im Lumpengewand waren unter den Gästen. Perdita jedoch, die Tochter des Hauses, die nach alter Sitte das Fest eröffnen sollte, war nicht zur Stelle. Sie stand mit dem jungen blondlockigen Mann, der so eilenden Schritts die Landstraße hinabgestürzt war, unter einem Weidenbaum, und der junge Mann hielt ihre weiße Hand in der seinen und sagte: »Liebstes Mädchen, nun ist endlich die Stunde gekommen, wo wir unsre Hochzeit feiern wollen!«

Das Mädchen aber senkte den Kopf. »Bedenkt, gnädigster Herr«, so sprach sie, »Ihr seid ein Prinz, und ich bin nur eine arme Schäferstochter. Ich zittre, wenn ich daran denke, was Euer Vater, der Herr König, sagen wird, wenn er von unserer Trauung erfährt! Sicherlich wird er Euch hart bestrafen! Ich liebe Euch über alles, mein Prinz, und eben darum will ich nicht, daß Ihr gekränkt werdet. Laßt uns einander Lebwohl sagen und dann ohne Groll auseinandergehn!«

»Nie und nimmer!« rief Prinz Florizel. »Die Liebe fragt nicht nach Rang und Würde! Es gibt kein Mädchen im ganzen Nordreich, das schöner, edler und würdiger wäre, Königin zu sein, als du. Mein Vater mag zürnen, wie er will – meine Liebe zu dir ist stärker als jede Drohung!«

»So möge uns das Glück hold sein!« sprach Perdita, da hörte sie ihren Namen rufen.

»Wo bleibst du, Perdita, mein Kind«, rief der alte Schäfer, »die Gäste sind schon versammelt, komm, laß uns das Fest beginnen!«

»Ich eile«, rief Perdita und lief zu den Gästen, um sie nach altem Brauch mit Blumen zu begrüßen. Die Sitte wollte es, daß der älteste Gast, ganz gleich, ob er ein Bettler oder ein König war, zuerst begrüßt wurde, und so trat denn Perdita zu dem alten Mann mit dem wallenden Bart, verneigte sich vor ihm und sprach: »Willkommen bei der Schafschur, ehrwürdiger Greis! Hier nehmt zum Willkomm Raute und Rosmarin; es sind Winterblumen, die auch im Dezember noch Duft und Frische bewahren. Sie sollen Euer Alter ehren!«

Dann wandte sie sich Camillo, dem Mann in mittleren Jahren, zu und begrüßte ihn mit den Sommerblumen Salbei, Minze, Lavendel und Majoran; dem jungen Prinzen

Florizel aber legte sie Frühlingsblumen in den Arm: Anemonen, Veilchen, Maßliebchen, Primeln und die weiße Königslilie.

»Das ist das schmuckste Hirtenmädchen, das ich je sah!« sagte der alte Mann zu Camillo. »Fast scheint es, als wäre sie eine verkleidete Prinzessin!«

»So scheint es in der Tat, mein hoher Herr!« sagte Camillo. »Seht nur, wie innig Prinz Florizel sie anblickt!

»Eben das gefällt mir ganz und gar nicht, mein lieber Camillo«, sagte der alte Mann, »wir werden wohl bald dreinfahren müssen!«

Indes hatten die Musikanten ihre Instrumente ergriffen und wollten gerade zum ersten Reigen aufspielen, da meldete ein Knecht, daß ein weitgereister Händler mit auserlesenen Waren angekommen sei. »Herein mit ihm, herein mit ihm!« riefen die Gäste erfreut. Die Tür tat sich auf, und ein würdiger Mann in schwarzer Tracht, einen glitzernden Kramladen vor den Bauch geschnallt, trat ein. Es war dies aber niemand anderes als Hemdenklau, der sich verkleidet hatte und der nun seine Ware anpries:

»Hemden, weiß wie frischer Schnee,
Kreppflor, schwärzer als die Kräh,
Handschuh, weich wie Frühlingsrasen,
Masken für Gesicht und Nasen,
Armband, Halsgehäng voll Schimmer,
Rauchwerk für ein Frauenzimmer,
goldne Mütz und blanker Latz,
Junggesell, für deinen Schatz,
Nadeln, Zeug in Woll und Seiden,
sich von Kopf bis Fuß zu kleiden,

Knöpfe, Broschen, Ringe auch
trag ich hier vor meinem Bauch!
Kauft Band und Spitzen,
Schnür an die Mützen,
auch Zwirn und Seide
und Kopfgeschmeide,
die Ware so fein
kauft ein, kauft ein!«

Die Gäste drängten sich um Hemdenklau und riefen ah! und oh! vor Staunen und Entzücken und balgten sich fast um seine Schätze, und auch der junge Schäfer, der von seinem Vater noch einmal Geld bekommen hatte, kaufte seinem Mädchen ein seidenes Band. Hemdenklau aber merkte sich genau, wo jeder Käufer seine Geldtasche verwahrte, und während die Kunden sich um ihn drängten, ließen seine langen Finger Börse um Börse in einem Geheimfach seines Bauchladens verschwinden, und die Börse des jungen Schäfers war abermals dabei.

Die schwerste Geldkatze aber fand Hemdenklau im zerrissenen Gewand des alten Mannes. Sie war groß wie ein Kindskopf und so schwer, daß er sie kaum in der Hand halten konnte, sie mußte mit purem Gold gefüllt sein. Als Hemdenklau diese Geldbörse kassiert hatte, stahl er sich selbst sachte davon und verbarg sich in einem Gebüsch. Dort zählte er seine Einnahmen, und weil er in der Schule immer gut aufgepaßt hatte, rechnete er aus, daß er viertausend Dukaten eingenommen hatte und sich dafür, wenn er wollte, tausend Kilo Rosinen kaufen könnte. Er kaufte aber keine tausend Kilo Rosinen, er kaufte für dreiunddreißig Dukaten die schmuckste Uniform aus des Hofschneiders Laden, einen goldverschnürten und silberverzierten Rock und eine Hose mit breiten purpurroten Streifen, wie sie des Königs Feldmarschälle trugen. Das übrige Geld vergrub er. Dann kehrte er zum Gebüsch zurück und verbarg sich. Er wollte gern erfahren, wer eigentlich der alte Mann sei, der soviel Gold unter seinen Lumpen trug, und er hatte auch schon einen bestimmten Verdacht und einen bestimmten Plan.

Das Fest war indes schon ausgelassen geworden; nach alter Sitte hatten drei Fuhrknechte, drei Schafsknechte, drei Ochsenknechte und drei Schweineknechte, als Teufel verkleidet, einen wilden Hopstanz getanzt und wüste Fratzen dazu geschnitten, und dann war, vor dem Festmahl, die Stunde gekommen, da zur Hochzeit gerufen wurde. »Wer heute heiraten will, der möge vortreten!« rief der alte Schäfer, und ein Raunen der Bewunderung erhob sich, als die beiden Schönsten des Festes, Perdita und Florizel, einander an den Händen haltend, vor den alten Schäfer traten, der gerührt sein riesiges, rot und blau kariertes Schnupftuch hervorzog und sich schnaubte, daß die Teller auf den Tischen klirrten.

»Wollt ihr versprechen, einander immer zu lieben, einander zu achten und eins dem andern die Treue zu halten, so reicht mir eure Hand!« sagte der alte Schäfer. Perdita und Florizel legten ihre Rechte in seine Hände.

»Und Ihr«, so sprach der Schäfer zu dem bärtigen Greis, »Ihr seid der älteste Gast, ich bitt Euch zum Trauzeugen, wie's bei uns Brauch ist!«

Der alte Mann trat vor und fragte: »Sagt mir zuvor eins, junger Mann, habt Ihr keinen Vater?«

»Gewiß doch«, sagte Florizel.

»Ist er hier unter den Gästen?« fragte der Greis. Florizel schüttelte den Kopf.

»Ei, warum denn nicht?« fragte der Greis. »Ist er etwa unfähig zu vernünftigem Denken? Ist er blöd geworden oder altersschwach, oder plagt ihn das Zipperlein und läßt seine Knochen klappern wie Mühlflügel, oder ist er gar lahm und krumm und kann nicht gehen?«

»Nichts von alledem, Gevatter«, antwortete Florizel, »er ist bei klarem Verstand und gesund und rüstig wie nur einer!«

»So eilt und holt ihn her!« sagte der Greis.

Florizel schüttelte wieder den Kopf.

»Ei wirklich, Ihr solltet ihn holen«, sagte nun auch der alte Schäfer. »Ihr braucht Euch Eurer Braut wahrhaftig nicht zu schämen!«

»Ich bin auch stolz auf sie«, sprach Florizel und legte den Arm um Perditas Schulter, »aber meinen Vater hole ich nicht!«

Da stampfte der alte Mann mit dem Fuß auf und schrie: »Geh auf der Stelle und hol ihn, ich befehle es dir!«

Perdita schauderte es.

»Aber das kann ich wirklich nicht machen, Gevatterchen«, sprach Florizel, »mein Vater würde mit meiner Wahl nicht einverstanden sein!«

»Das ist er auch nicht, du Elender!« brüllte der Greis. Er packte seinen schlohweißen Bart und riß ihn mit einem kräftigen Ruck ab. Florizel erkannte in dem Alten seinen Vater, den König Polyx.

»Es ist der König!« murmelten die Gäste und zogen ihre Hüte und verneigten sich tief. »Und das ist kein Schäfer, sondern der Prinz Florizel!« rief der König aus. Als der alte Schäfer das hörte, wurde er weiß wie Wolle. Er fiel auf die Knie, faßte den Rocksaum des Königs und flehte: »Zürnt mir nicht, Herr König, ich fleh Euch an, zürnt mir nicht! Ich habe nicht geahnt, daß dieser Schäfer Prinz Florizel ist! Niemals hätte ich sonst meine Einwilligung zur Hochzeit gegeben!«

So flehte und schluchzte er angstgeschüttelt, denn König Polyx war grausam und ungerecht, wenn er zornig war. Florizel und Perdita aber standen aufrecht vor dem König, den nun die blinde Wut übermannte.

»Elende Hexe«, so fuhr er Perdita an, »mit welchen Zauberkünsten hast du den Prinzen betört, daß er sich soweit vergaß, eine einfache Schäferin heiraten zu wollen!«

»Ich bin keine Hexe, Herr König«, sagte Perdita, »und eine Schäferin ist nichts Geringeres als eine Prinzessin! Die Sonne spendet ihrer Hütte das gleiche Licht wie dem reichsten Palast!«

»Schweig!« brüllte der König. »Schweig! Sonst laß ich dir und deinem Vater den Kopf abschlagen! Geh mir aus den Augen, ich will dich nicht mehr sehen!«

Zum Prinzen aber sprach er: »Schon lange habe ich dein heimliches Treiben beobachten lassen, und heute habe ich dich ertappt, du ehrvergessener und höchst ungehorsamer Sohn! Du kehrst auf der Stelle zum Schloß zurück und heiratest noch heute die Gräfin, die ich für dich bestimmt habe, sonst lasse ich dich in einen Kerker werfen, wo Ratten, Schlangen und Kakerlaken hausen!«

Der Prinz wollte aufbegehren; zum Glück aber waren indes vier Träger mit einer Sänfte gekommen, und weil der König vom ungewohnten Gehen und Stehen so müde war wie ein Hirt, der zwölf Wölfe besiegt hat, setzte er sich in die Sänfte und schlief sofort ein. Prinz Florizel aber wandte sich an Camillo. »Hilf mir, du guter Rat!« so sprach er. »Ich kann ohne Perdita nicht leben! Was soll ich nur tun?«

»Jetzt ist es zwecklos, mit dem König zu reden«, sagte Camillo, »Ihr müßt schon warten, bis sich seine Wut gelegt hat. Aber wo soll ich Euch solange verbergen?« Er dachte angestrengt nach, dann rief er: »Hurra, ich hab's! Besteigt mit Perdita ein Schiff und fahrt in das Südreich zu König Leontes. Leontes hat einst aus blinder Wahnwut und Tyrannei sein Weib, seinen Sohn und seine Tochter verloren und verzehrt sich noch immer in Trauer um sie. Er wird euch gewiß gegen König Polyx beistehen. Wenn ihr abgereist seid und einen sicheren Vorsprung habt, will ich dem König von eurer Flucht berichten; gewiß fährt er euch dann mit mir nach Südland nach. So sehe ich endlich meine geliebte Heimat wieder, und mit Hilfe des Königs Leontes wird Euer Vater gewiß mit Euch Frieden schließen!«

»So wollen wir's halten, in diesem Plan steckt Leben!« sagte Prinz Florizel erfreut, und auch Perdita sagte: »Ich willige ein!« So eilten sie denn zum Hafen und rüsteten ein Schiff zur weiten Reise. Das alles nun hatte Hemdenklau in seinem Versteck mit angesehen und angehört.

Der alte Schäfer bibberte indes noch immer vor Angst. Er glaubte, König Polyx würde sich fürchterlich an ihm und seinem Jungen rächen, und wollte deshalb zum Schloß eilen und berichten, wie er einst Perdita ausgesetzt an der Küste gefunden hatte und daß sie gar nicht seine

Tochter war. Er lief in seine Hütte, schnürte die Tafel mit dem Namen, die goldene Kette und Perditas seidenes Taufkleid zu einem Bündel zusammen, nahm seinen Jungen als Zeugen an der Hand und machte sich auf den Weg zum Hof. Als Hemdenklau die beiden erblickte, gedachte er dem Jungen noch einen dritten Possen zu spielen. Er trat ihnen plötzlich in den Weg und ließ seine goldenen Knöpfe und Litzen blitzen.

»Wo wollt ihr hin, ihr zwei beiden, he?« fragte Hemdenklau streng.

Die beiden Schäfer zogen den Hut und verneigten sich ehrfurchtsvoll.

»Seid Ihr etwa vom Königshof, hoher Herr?« fragte der junge Schäfer.

»Ja, siehst du ungehobelter Lümmel denn nicht, daß ich ein echter Hofmann bin?« fragte Hemdenklau und spreizte sich wie ein Pfau. Er reckte sich und streckte sich und blähte sich und drehte sich, und wenn er am Hinterteil Federn gehabt hätte, hätte er sicher damit ein Rad geschlagen. »Siehst du Affenpfote denn nicht, wie würdevoll ich mich benehme?« fragte er auf und ab stolzierend. »Spürst du Sauhund nicht den Hofgeruch, den ich ausströme? Merkst du blöder Trottel nicht meine vornehme Höflichkeit? Spürst du Miststück nicht in jedem meiner Worte die Würde meines angeborenen Adels!«

»Gewiß, gewiß, wir riechen's, wir spüren's! Ihr seid ein ganz hoher Edelmann!« rief der alte Schäfer. »Könnt Ihr nicht für uns ein gutes Wort beim König einlegen?«

»Wenn ihr mir viel Geld dafür gebt, warum nicht!« sagte Hemdenklau und streckte die Hand aus. »Worum handelt sich's denn?« Der alte Schäfer erzählte nun dem

Hemdenklau alles, was er über Perdita wußte. Nun hatte Hemdenklau ja einst im Dienst des Prinzen gestanden, und da ihm der Prinz immer ein guter Herr gewesen war, gedachte er ihm jetzt zu helfen und die beiden Schäfer zu ihm zu bringen. »Der Herr König ist an Bord gegangen, um seine Wut auf einer Seereise zu zerstreuen!« sagte er. »Wenn ihr mir hundert Geldstücke gebt, führe ich euch zu ihm!«

»Das ist unser letztes Geld, aber Ihr sollt es haben, hoher Herr vom Hofe«, sagte der alte Schäfer.

»So folgt mir«, sagte Hemdenklau. Er führte die beiden Schäfer zum Hafen und brachte sie unbemerkt auf Prinz Florizels Schiff, wo sich alle drei unter altem Segelwerk verbargen. Sie hatten sich gerade richtig zugedeckt, da stach das Schiff auch schon in See.

Es war das zwanzigste Jahr seit Hermiones Tod, und das Südland war noch immer in Trauer erstarrt. Noch immer blühte keine Blume und sang kein Vöglein und wiegte sich kein Lämmerwölkchen im lauen Wind, und immer noch saß König Leontes, in schwarze Gewänder gehüllt, am Grabmal, das er den Dahingegangenen hatte errichten lassen, und seufzte und klagte und beweinte das Unrecht, das er selbst verschuldet, und hinter ihm saßen in schwarzen Gewändern seine Räte und jammerten und weinten auch. Doch bei ihnen war es nicht das vergangene Leid, das sie jammern machte. Sie jammerten, weil sie nun nicht mehr ihren Lieblingsbeschäftigungen nachgehen konnten: der Jagd, dem Spiel, dem Tanz und dem Fechten, und weil sie statt Braten und Wein nun mit dem fastenden König nur Brot und Wassersuppe essen durften. Kein Wunder, daß sie das verdroß und daß nach zwanzig Jahren solchen Hungerlebens sogar sie, die feigsten aller Männer, aufzumucken begannen.

»So geht es wirklich nicht weiter, Herr König!« sagten sie. »Ihr dürft Euch nicht dauernd von diesem scheußlichen Weibsbild, dieser Paulina, auf dem Kopf herumtanzen lassen! Ihr müßt Euch endlich eine neue Königin suchen, die Euch wieder einen Thronfolger schenkt, damit das Land nicht nach Eurem Tod dem Feind anheimfällt!«

»Oh«, sagte Paulina, die immer noch der Erste Rat des Königs war, »wie könnte das sein? Denkt an das Orakel Apollos! Der König wird kinderlos bleiben, wenn nicht das, was er verloren hat, wiederkehrt, und wer anders könnte das sein als sein Töchterlein! Wenn das geschieht, will ich dem König eine Frau suchen, die seiner schönen Hermione gleicht!«

»Ach, das wird nie sein«, seufzte der König, und alle seine Räte seufzten mit ihm bei dem Gedanken, womöglich ihr Leben lang schwarze Gewänder tragen und Wassersuppe und trocken Brot essen zu müssen.

Wie sie nun so saßen und seufzten, kam ein Bote und meldete, daß Prinz Florizel aus dem Nordland mit der wunderschönsten Jungfrau, die je ein menschliches Auge geschaut, im Schloß eingetroffen wäre.

»Wie?« fragte Paulina erstaunt. »Ist die Prinzessin etwa noch schöner, als unsere wunderschöne Königin Hermione es war?«

»Sie ist so schön, wie die Königin war«, sagte der Bote, »denn schöner kann kein Menschenkind sein!«

»So führt sie herein«, sprach König Leontes. Die Räte reckten und streckten schaulustig die Hälse, als das Paar, schön wie ein Maitag, den Thronsaal betrat. Da König Leontes die beiden erblickte, wollte er seinen Augen nicht trauen. Er sprang von seinem Thron auf und rief: »Prinz, mir ist, als wäre ich wieder so jung wie vor zwanzig Jahren und Euer Vater stünde vor mir – so ganz gleicht Ihr ihm! Und Eure Gemahlin ist meinem geliebten Weib wie aus den Augen geschnitten – wüßt ich nicht, daß dies unmöglich ist, so wähnte ich, Hermione stehe vor mir! Sind wir denn alle verzaubert?«

»Oh, nichts von Zauber, Herr König«, sagte der Prinz, »ich bin gekommen, Euch die besten Grüße meines Vaters, des edlen Königs Polyx, zu überbringen! Er ist leider schon zu alt, und die weite Fahrt ist ihm zu beschwerlich, sonst wäre er natürlich selbst gekommen!«

So sprach der Prinz, und da er das sagte, flog krachend die Tür auf, und herein stürzte König Polyx. »Da ist ja dieser Hochverräter«, schrie er, »und da ist ja auch diese verdammte Hexe, das Schäferkind! Laßt sie beide ergreifen und aufhängen, König Leontes, wenn Ihr wieder mein Freund geworden seid!«

So sprach König Polyx und schnaubte und schüttelte beide Fäuste gegen das Paar. Doch ehe jemand auch nur einen Ton sagen konnte, tat sich abermals die Tür auf, und herein trat ein Mann in einer goldglänzenden Uniform, der an seiner Rechten einen alten und an seiner Linken einen jungen Schäfer führte, und der alte Schäfer hielt eine goldene Kette und ein seidenes Taufkleidchen in der Hand und der junge Schäfer eine Tafel, auf der geschrieben stand: IHR NAME IST PERDITA!

»Aber das ist doch mein ehemaliger Hofnarr Hemdenklau!« rief Prinz Florizel erstaunt.

»Und das ist doch das Halsband meiner Königin Hermione!« rief Leontes.

»Und das ist das seidene Taufkleid der jungen Prinzessin«, rief die edle Paulina, und dann schaute sie auf die Tafel und sprach mit Tränen in den Augen: »Und das ist die Schrift meines verschollenen Gatten Antigonus!«

»Hofnarr, Hemdenklau, Halsband, Taufkleid, Handschrift – was soll denn das alles?« fragte König Polyx wütend. »Bin ich denn hier in einem Irrenhaus?«

»Berichtet, ihr beiden!« sagte Hemdenklau und knuffte den Schäfern mit einem kräftigen Puff schnell noch eine Portion Mut in den Rücken. Die Schäfer zeigten ihre Beweisstücke und erzählten nun, wie sie Perdita am Strand ausgesetzt gefunden und wie sie das Mägdlein als ihr eigenes großgezogen hatten.

»Meine liebe Tochter!« rief Leontes und schloß Perdita in die Arme.

»Mein lieber Sohn!« rief König Polyx und umarmte Florizel.

Paulina aber sprach: »Das Orakel Apollos ist erfüllt! Was verloren war, ist nun zurückgekehrt. So soll denn die Bußzeit beendet und das Land seiner Trauer ledig sein! Blüht wieder, ihr Blumen, singt wieder, ihr Vögel, spielt wieder im Wind, ihr Lämmerwölkchen! Ihr Räte mögt wieder Wein trinken und Braten essen; Euch aber, König Leontes, will ich wieder vermählen, und es wird zu Eurem Glück sein!«

Da atmeten die schwarzgekleideten Herren Hofräte aber auf, daß sie nun wieder jagen und spielen und tanzen und Torten schmausen und Rotwein trinken durften, und der alte Schäfer, der dastand wie ein altes verwittertes

Brunnenstandbild, zog gerührt sein riesiges, rot und blau kariertes Taschentuch heraus und schnaubte sich so stark, daß den Königen die Kronen vom Kopf rollten. Hemdenklau aber fürchtete, daß er nun zum Hofmann ernannt würde, und das wollte er nicht. Die Freiheit war ihm lieber, auch wenn's die Freiheit eines Taschendiebleins und Hühnerschnappers war. Und Hühner hatte er viele und so fette gesehen im Südland – das Wasser lief ihm im Munde zusammen. So stahl er sich wieder einmal leise fort und nahm aus alter Gewohnheit die Kronen mit, die den Königen vom Kopf gefallen waren. Als Kopfbedeckung sind sie ja viel zu schwer und außerordentlich unpraktisch, so dachte er, als er sie draußen aufprobierte, aber beim Trödler bekomm ich sicher mein gutes Stück Geld dafür! Und dann heißa auf zu neuen Streichen!

So ist unser Märchen nun zu Ende? So scheint es, und doch birgt es noch eine Überraschung, wie das solch alten Märchen eigen ist. Als König Leontes seine Tochter wiedergefunden und als König Polyx seinem Prinzen Florizel alles verziehen hatte und als beide zu ihren Kindern gesprochen: »Gebt euch die Hände als Mann und Frau und werdet glücklich miteinander!« und als der alte und der junge Schäfer zu Oberhofräten ernannt worden waren und ihnen die neue Würde schon wie süßer Sekt in den Kopf stieg, da trat Paulina vor und bat alle Anwesenden, ihr zu folgen. Sie habe, so sagte sie, sich den besten Bildhauer der Welt kommen lassen und ihm den Auftrag gegeben, ein Abbild der Königin Hermione aus dem toten Stein zu hauen, und die Arbeit sei just in diesem Augenblick fertig geworden, und sie schlage vor, sie sich anzusehn.

So folgten denn alle der edlen Paulina zu einem Gemach, das in den tiefen Gewölben des Schlosses verborgen lag. In diesem Gemach stand auf einem Marmorsokkel das Steinbild, und es war so getreu nach der Natur gearbeitet, daß es aussah, als lebe und atme es und als leuchteten seine Augen in warmem Glanz.

König Leontes fiel auf die Knie.

»Hermione, mein liebes, liebes Weib!« flüsterte er. Auch Florizel und Perdita knieten nieder. König Leontes aber schluchzte, erneut von wildem Schmerz übermannt, laut auf. »Oh, alles in der Welt gäb ich darum, daß der Stein hier wieder lebendig würde!«

»Auch Euer Königreich?« fragte Paulina.

»Mein Königreich, meine Krone, ja selbst mein Leben!« sagte Leontes.

»So reicht denn Eurer Königin die Hand!« sprach feierlich Paulina. »Sie sei Euch heute aufs neue angetraut!«

Verwirrt stand König Leontes auf und nahm das Steinbild an der Hand. Zauberhafte Musik erklang, und sieh: Der König drückt die steinerne Hand und fühlt, daß sie warm ist, und siehe, siehe, der Stein beginnt die toten Augen zu regen, und ein lebendiges Lächeln umspielt Wangen und Lippen, und sieh nur, sieh, das Steinbild beginnt vom Marmorsockel herunterzusteigen, und Tränen treten aus seinen Augen, und das Steinbild ist wieder ins Leben zurückgekehrt und liegt dem fassungslos schluchzenden König Leontes in den Armen.

Die wunderschöne Königin Hermione war, als Paulina sie vor zwanzig Jahren aus dem Thronsaal getragen hatte, weder tot noch lebendig gewesen – zwar war sie aus ihrer Ohnmacht wieder erwacht, doch wollte sie nach all den

Kränkungen nicht mehr unter den Lebenden weilen. So hatte sie zwanzig Jahre in einem verborgenen Gemach bei Paulina gelebt, und mit ihr war das ganze Südland in die steinerne Starre der Trauer gefallen, und es hätte in diesem Bann gelegen bis zum Ende der Tage Hermiones und König Leontes', wenn nicht das junge Paar gekommen wäre.

Die Verlorene war heimgekehrt, der Spruch Apollos hatte seine Erfüllung gefunden, die Totgeglaubte war wieder auferstanden, die Zeit der Prüfung war wie der Winter des Grams und der Trauer vorüber, die Zeit eines neuen Geschlechts brach an, und dies alles dank der unbesieglichen Liebe Perditas und Florizels. Die edle Paulina, die ihren Mann Antigonus ja vor zwanzig Jahren verloren hatte, nahm den tapferen Rat Camillo zum Mann, und immer wenn der alte Schäfer dieses wundersamen Märchens gedenkt, zieht er sein riesiges, rot und blau kariertes Taschentuch und schneuzt sich, daß die Fenster im goldnen Rahmen klirren und der Königsthron wie ein Froschjunges hüpft.

Franz Fühmann

Komm wir wolln in Garten gehn,
und der Garten war rund.

In dem Garten stand ein Baum,
und der Baum war rund.

Auf dem Baum da war ein Ast,
und der Ast war rund.

Auf dem Ast war ein Nest,
und das Nest war rund.

In dem Neste lag ein Ei,
und das Ei war rund.

In dem Ei da war ein Dotter,
und der Dotter war rund.

In dem Dotter da stand ein Tisch,
und der Tisch war rund.

Auf dem Tische lag ein Buch,
und das Buch war rund.

In dem Buch da stand geschrieben:
»Du sollst Vater & Mutter lieben!«

Die Geschichte vom bösen Knaben

Es war einmal ein böser Knabe mit Namen Jim – obgleich man finden wird, wenn man der Sache Aufmerksamkeit zollt, daß die bösen Knaben in den Sonntagsschulbüchern fast immer James heißen. Es war sehr seltsam, aber wahr: dieser hieß Jim.

Er hatte auch keinerlei kranke Mutter – keine kranke Mutter, die fromm war, die Schwindsucht hatte und sich lieber ins Grab zur Ruhe gelegt hätte, wenn sie ihren Sohn nicht so innig geliebt und befürchtet hätte, daß die Welt fühllos und streng mit ihm verfahren würde, wenn sie einmal nicht mehr wäre. In den Sonntagsschulbüchern heißen die meisten bösen Knaben James und haben kranke Mütter, die sie sprechen lehren: »Müde bin ich …« und so weiter, sie mit süßer, trauriger Stimme in den Schlaf wiegen, ihnen den Gutenachtkuß geben und dann neben dem Bett niederknien und weinen. Aber bei diesem Kerl war alles anders. Er hieß Jim, und seiner Mutter fehlte absolut nichts – keine Schwindsucht und nichts dergleichen. Sie war eher robust als alles andere, und sie war nicht fromm; mehr noch, um Jim machte sie sich keine Sorgen. Sie sagte, wenn er sich mal das Genick brechen sollte, so wäre das kein großer Verlust. Immer prügelte sie ihn zu Bett und gab ihm nie einen Gutenachtkuß; im Gegenteil, sie verabreichte ihm noch eine Ohrfeige, bevor sie ging.

Einmal stahl der böse Knabe den Schlüssel zur Speisekammer, schlich sich dort hinein, bediente sich mit Marmelade und füllte den Topf mit Teer, damit die Mutter nichts merken sollte. Aber es überkam ihn nicht plötzlich ein schreckliches Gefühl, und es schien ihm auch nicht irgend etwas zuzuflüstern: »Ist das recht, ungehorsam gegen die Mutter zu sein? Ist das nicht eine Sünde? Wo kommen die bösen Knaben hin, die die Marmelade ihrer guten lieben Mutter verspachteln?« Und dann kniete er sich *nicht* für sich allein hin und nahm sich *nicht* vor, nie mehr böse zu sein, um leichten, frohen Herzens wieder aufzustehen, zur Mutter zu gehen und ihr alles zu sagen, sie um Verzeihung zu bitten und sich von ihr segnen zu lassen, während ihren Augen Tränen des Stolzes und der Dankbarkeit entquollen. Nein, so ist es immer mit all den anderen bösen Knaben in den Büchern; doch bei Jim verlief alles anders, so seltsam das auch ist. Er aß die Marmelade und sagte in seiner sündigen, rüpelhaften Art, sie sei »ganz groß«, und er füllte den Teer in den Topf und sagte, das sei auch ganz groß, lachte und meinte, die Alte würde ganz schön kochen und fauchen, wenn sie dahinterkäme. Und als sie dahinterkam, leugnete er, irgend etwas davon zu wissen, und sie verdrosch ihn gehörig, worauf er das Weinen selbst besorgte. Alles an dem Jungen war merkwürdig, alles spielte sich immer ganz anders ab als bei den bösen Jamesen in besagten Büchern.

Einmal kletterte er auf Bauer Acorus' Apfelbaum, um Äpfel zu stehlen, und der Ast brach nicht ab und er fiel nicht herunter und brach sich nicht den Arm, der große Hund des Bauern biß ihn nicht, und Jim schmachtete nicht wochenlang auf dem Krankenlager, um zu bereuen und sich zu bessern. O nein; er nahm sich so viele Äpfel, wie er nur wollte, und kam heil vom Baum herunter, und auf den Hund war er auch schon vorbereitet und warf mit einem Ziegelstein nach ihm, als er ihn zerfleischen wollte. Es war ganz seltsam – so etwas hat es noch nie gegeben in jenen sanften, kleinen Büchlein mit dem marmorierten Einband und mit Bildern von Männern, die Frack und Melone tragen und Hosen mit zu kurzen Beinen, und von Frauen, deren Kleider keinen Reifen besitzen und die Taille unter der Achsel haben. So etwas hier fand man in keinem Sonntagsschulbuch.

Einmal nahm er dem Lehrer das Federmesser weg, und als ihn die Angst packte, es würde herauskommen und er würde Prügel erhalten, ließ er es in George Wilsons Mütze verschwinden – das war der Sohn der armen Witwe, der tugendhafte Knabe, der gute Knabe des Dorfes, der stets seiner Mutter gehorchte, nie die Unwahrheit sprach, seine Schulaufgaben gern machte und in die Sonntagsschule ganz vernarrt war. Und als das Messer aus seiner Mütze fiel, der arme George den Kopf hängen ließ und rot wurde, als ob ihn die Schuld drückte, und der gekränkte Lehrer den Diebstahl ihm zur Last legte und gerade dabei war, die Rute auf Georges zitternde Schultern niedersausen zu lassen, da erschien plötzlich *kein* weißhaariger, unwahrscheinlicher Friedensrichter in ihrer Mitte, um sich in Positur zu werfen und zu sagen: »Verschonen Sie diesen edlen Knaben – dort steht der sich duckende Übeltäter. Ich ging gerade während der Pause an der Schultür vorüber und bin unbemerkt Zeuge des Diebstahls gewesen!« Und daraufhin wurde Jim nicht vermöbelt, und der ehrwürdige Friedensrichter hielt der heulenden Schule keine Predigt und nahm George nicht mit den Worten bei der Hand, solch ein Knabe verdiene, belobigt zu werden, und sagte ihm dann nicht, er solle zu ihm kommen und bei ihm bleiben, die Amtsstube ausfegen, Feuer machen, Botengänge besorgen, Holz hacken, das Recht studieren und seiner Frau im Haushalt helfen, und er könne die ganze übrige Zeit spielen und würde vierzig Cent im Monat erhalten und glücklich sein. Nein, so hätte es sich in besagten Büchern zugetragen, aber bei Jim war das nicht der Fall. Kein alter, sich überall einmischender Halunke von Richter trat hinzu, um Scherereien zu machen, und deshalb wurde der Musterknabe George verdroschen, und Jim war froh darüber, weil Jim nämlich die tugendhaften Knaben haßte. Jim sagte, er »habe diese Schlappschwänze gefressen«. So ungeschliffen drückte sich dieser böse, verkommene Knabe aus.

Das seltsamste aber, was Jim je passierte, war, daß er nicht ertrank, als er sonntags Kahn fahren ging, und daß er nicht vom Blitz erschlagen wurde, als ihn sonntags beim Angeln ein Gewitter überraschte. Nun, man kann alle Sonntagsschulbücher durchgehen und nochmals durchgehen, von jetzt bis nächste Weihnachten, und man wird niemals auf etwas Derartiges stoßen. O nein, man würde vielmehr entdecken, daß alle bösen Knaben, die sonntags Kahn fahren gehen, ohne Ausnahme ertrinken und daß alle bösen Knaben, die sonntags beim Angeln ein Gewitter überrascht, unfehlbar vom Blitz erschlagen werden. Boote mit bösen Knaben kentern sonntags immer, und es zieht immer ein Gewitter auf, wenn böse Knaben am Sonntag angeln gehen. Wie dieser Jim überhaupt mit dem Leben davonkam, ist mir schleierhaft.

Dieser Jim wurde durch einen Zauber geschützt – so muß es gewesen sein. Nichts konnte ihm einen Schaden zufügen. In der Menagerie gab er dem Elefanten einen Priem, und der Elefant schlug ihm nicht mit dem Rüssel den Schädel ein. Er stöberte im Schrank nach Pfefferminzessenz herum und trank nicht aus Versehen Aqua fortis. Er holte sich seines Vaters Flinte, ging am Sonntag jagen und schoß sich dabei nicht drei oder vier Finger ab. Im Zorn versetzte er seiner Schwester mit der Faust einen Schlag an die Schläfe, und sie lag nicht an langen Sommertagen mit Schmerzen danieder und starb nicht mit süßen Worten der Vergebung auf den Lippen, die die Qual seines wunden Herzens verdoppelten. Nein, sie überstand es.

Schließlich entlief er und ging zur See, und er kehrte nicht zurück, um sich traurig und verlassen auf der Welt zu finden, die Lieben auf dem stillen Friedhof ruhend und das rebenumrankte Haus der Kindheit eingestürzt und verfallen. O nein; er kehrte nach Hause, einen gewaltigen Zacken in der Krone, und landete als erstes auf der Polizeiwache.

Und er wurde älter und heiratete, zog zahlreiche Kinder auf, schlug der ganzen Familie eines Nachts mit der Axt den Schädel ein und wurde durch alle möglichen Betrügereien und Schandtaten reich; und nun ist er der erbärmlichste, ruchloseste Schurke seines Heimatorts, er wird allgemein geachtet und gehört der gesetzgebenden Körperschaft an.

Man sieht also, daß es in den Sonntagsschulbüchern keinen bösen James gibt, dem das Glück so hold gewesen wäre wie diesem sündhaften, durch einen Zauber geschützten Jim.

Mark Twain

Die Geschichte vom guten Knaben

Das Folgende schrieb ich auf Bitten einiger literarischer Freunde, die meinten, wenn die »Geschichte vom bösen Knaben« (eine kleine moralische Erzählung, die ich vor fünf oder sechs Jahren veröffentlichte) es wert gewesen sei, mehrere Wochen hindurch lieferbar zu sein, verdiene ein angemessenes, vorurteilsfreies Gegenstück eine ähnliche Unsterblichkeit.

Es war einmal ein guter Knabe mit Namen Jacob Blivens. Er gehorchte stets seinen Eltern, ganz gleich, wie absurd und unvernünftig ihre Befehle auch waren; und er lernte stets die Aufgaben in seinem Buch und kam zur Sonntagsschule nie zu spät. Er schwänzte nie, auch wenn ihm der klare Verstand sagte, das sei das Nützlichste, was er tun könne. Keiner von den anderen Knaben wurde aus ihm klug, so merkwürdig benahm er sich. Er log nicht, so bequem es auch sein mochte. Er sagte einfach, es sei unrecht, zu lügen, und das genügte ihm. Und er war so ehrlich, daß es geradezu lächerlich wirkte. Das merkwürdige Verhalten, das Jacob an den Tag legte, stellte alles Dagewesene in den Schatten. Er spielte sonntags nicht Murmeln, hob keine Vogelnester aus, drückte den Affen der Leierkastenmänner keine heißen Pfennige in die Hand; an keinem vernünftigen Vergnügen schien er überhaupt ein Interesse zu haben. Deshalb versuchten die anderen Jungen ständig, der Sache auf den Grund zu kommen und ihn zu verstehen, aber sie konnten zu keiner befriedigenden Schlußfolgerung gelangen. Wie ich schon sagte, sie konnten sich nur eine nebelhafte Vorstellung machen, er »leide« an irgend etwas, und so nahmen sie ihn unter ihren Schutz und sorgten dafür, daß ihm kein Unrecht geschehe.

Dieser gute Knabe las sämtliche Sonntagsschulbücher; sie bereiteten ihm die größte Freude. Das war das ganze Geheimnis. Er glaubte an die guten Knaben in den Sonntagsschulbüchern; ihnen gehörte sein ganzes Vertrauen. Er sehnte sich danach, einem von ihnen mal lebend zu begegnen, was aber nie geschah. Sie waren wahrscheinlich schon alle vor seiner Zeit gestorben. Immer, wenn er von einem besonders guten las, blätterte er schnell weiter, um nachzusehen, was aus ihm würde, denn er wollte Tausende von Meilen reisen, um ihn zu Gesicht zu bekommen. Aber es hatte keinen Zweck; der gute Knabe starb immer im letzten Kapitel, und da befand sich eine Abbildung vom Begräbnis, auf dem alle Verwandten und die Sonntagsschulkinder in zu kurzen Hosen und mit zu großen Hüten um das Grab herumstanden und alle in Taschentücher weinten, die mindestens anderthalb Yard Stoff hatten. Jedesmal wurde er auf diese Weise enttäuscht.

Jacob hegte den edlen Ehrgeiz, in ein Sonntagsschulbuch zu kommen. Er wollte darin mit Bildern vorkommen, die zeigten, wie er es glorreich ablehnt, seine Mutter zu belügen, und sie Freudentränen darüber vergießt; wie er auf der Türschwelle steht und einer armen Bettlerin mit sechs Kindern einen Pfennig gibt und ihr sagt, sie solle ihn nur großzügig ausgeben, aber nicht verschwenderisch sein, denn Verschwendung sei eine Sünde; und wie er sich großmütig weigert, den bösen Knaben zu verpetzen, der ihm auf dem Heimweg von der Schule immer an einer Ecke auflauert, ihm eins mit einer Latte über den Schädel brennt und ihn mit einem ständigen »Hei, Hei!« nach Hause jagt.

Diesen Ehrgeiz besaß der junge Jacob Blivens. Er wollte in ein Sonntagsschulbuch kommen. Manchmal war ihm ein bißchen unbehaglich zumute, wenn er daran dachte, daß die guten Knaben immer starben. Er lebte gern, muß man wissen, und das war das unangenehmste daran, ein Sonntagsschulbuchjunge zu sein. Er wußte, es war nicht gesund, gut zu sein. Er wußte, so übernatürlich gut wie die Knaben in den Büchern zu sein war gefährlicher als die Schwindsucht; er wußte, daß keiner imstande gewesen war, das lange mitzumachen, und ihn schmerzte der Gedanke, daß er das Buch, wenn er in einem vorkäme, nie sehen würde, oder wenn man es noch vor seinem Tode veröffentlichte, so würde es wohl ohne ein Bild von seinem Begräbnis am Ende keinen Anklang finden. Was sollte das schon für ein Sonntagsschulbuch werden, das nicht von den Ratschlägen berichtete, die er der Gemeinde auf dem Sterbelager gab? Selbstverständlich mußte er sich dann zu dem Besten entschließen, das er unter den Umständen tun konnte – brav zu sein und auszuharren, solange es ginge, und seine letzten Worte bereitzuhalten, wenn seine Zeit käme.

Aber irgendwie lief bei diesem guten Knaben alles falsch; nichts gestaltete sich so wie bei den guten Knaben in den Büchern. Ihnen ging es ständig gut, und die bösen Knaben brachen sich das Bein; aber in seinem Falle war irgendwo der Wurm drin, und es kam alles genau umgekehrt. Als er Jim Blake beim Apfelstehlen erwischte und sich unter den Baum stellte, um ihm von dem bösen Knaben vorzulesen, der von des Nachbars Apfelbaum fiel und sich den Arm brach, da fiel Jim auch herunter, aber er fiel *auf ihn*, und *er* brach sich den Arm, während sich Jim überhaupt nicht verletzte. Jacob begriff das nicht. So etwas gab es in den Büchern nicht.

Und einmal, als einige böse Knaben einen Blinden in den Schlamm warfen und Jacob hinrannte, um ihm aufzuhelfen und seinen Segen zu empfangen, gab ihm der Blinde keinerlei Segen, sondern schlug ihm den Stock über den Kopf und sagte, er solle sich ja nicht noch einmal erwischen lassen, ihn zu schubsen und dann so zu tun, als wolle er ihm aufhelfen. Das stimmte mit keinem der Bücher überein; Jacob guckte sie alle danach durch.

Was sich Jacob sehnlich wünschte, war, einen lahmen Hund zu finden, der keine Bleibe hatte, hungrig war und verfolgt wurde, und er wollte ihn mit nach Hause nehmen und streicheln und dafür die ewige Dankbarkeit des Hundes erwerben. Schließlich fand er einen und war glücklich; er nahm ihn mit nach Hause und gab ihm zu fressen, doch als er ihn streicheln wollte, fiel ihn der Hund an, riß ihm alle Kleider vom Leibe, außer den Vorderpartien, und richtete ihn erstaunlich zu. Jacob prüfte die einschlägigen Werke nach, aber er konnte das nicht verstehen. Es war ein Hund derselben Rasse wie in den Büchern, aber er benahm sich ganz anders. Was der Knabe auch unternahm, er setzte sich in die Nesseln. Genau dasselbe, wofür die Knaben in den Büchern belohnt wurden, erwies sich ungefähr als das am wenigsten Lohnende, in das er investieren konnte.

Einmal sah er auf dem Wege zur Sonntagsschule, wie

sich einige böse Knaben in einem Segelboot auf eine Vergnügungsfahrt machten. Er geriet in Bestürzung, denn von seiner Lektüre wußte er, daß böse Knaben, die sonntags mit dem Segelboot ausfuhren, unabänderlich ertranken. Deshalb rannte er auf ein Floß hinaus, um sie zu warnen, aber ein Stamm drehte sich mit ihm und ließ ihn ins Wasser rutschen. Ein Mann zog ihn ziemlich bald heraus, und der Arzt pumpte ihm das Wasser heraus und gab ihm mit dem Blasebalg einen neuen Start, aber Jacob hatte sich erkältet und lag neun Wochen krank darnieder. Doch das Unerklärlichste daran war, daß sich die bösen Knaben in dem Boot den ganzen Tag amüsierten und merkwürdigerweise lebend und gesund nach Hause kamen. Jacob Blivens sagte, von solchen Sachen stehe nichts in den Büchern. Er war wie vor den Kopf geschlagen.

Als er wieder gesund wurde, war er ein bißchen verzagt, aber er beschloß, es wenigstens weiter zu versuchen. Er wußte, daß seine bisherigen Erlebnisse für ein Buch nicht taugten, aber er hatte die guten Knaben zugemessene Lebenszeit noch nicht erfüllt, und er hoffte, noch etwas zu vollbringen, wenn er bis zum Ende seiner Frist durchhalten könnte. Wenn alles andere fehlschlug, konnte er immer noch auf seine Sterbeworte zurückgreifen.

Er prüfte die einschlägigen Werke und fand heraus, daß es nun für ihn an der Zeit war, als Schiffsjunge zur See zu gehen. Deshalb suchte er einen Kapitän auf und bat um Einstellung, und als ihn der Kapitän nach Empfehlungen fragte, zog er stolz einen Traktat aus der Tasche und zeigte auf die Widmung: »Jacob Blivens, von seinem wohlgeneigten Lehrer.« Aber der Kapitän war ein rauher, ungebildeter Mann, und er sagte: »Oh, zum Teufel damit!« *Das* sei noch lange kein Beweis, daß er Geschirr abwaschen und mit dem Deckeimer umgehen könne, und er glaube, er brauche ihn nicht. – Das war nun absolut das Seltsamste, was Jacob je erlebte. Das Lob eines Lehrers, noch dazu auf einem Traktat, hatte doch bisher immer die sanftesten Regungen bei Kapitänen geweckt und den Weg zu allen ehrenvollen und einträglichen Posten geöffnet, die sie zu vergeben hatten – immer, in jedem Buch, das *er* gelesen hatte. Er konnte seinen Sinnen kaum noch trauen.

Diesem Knaben erging es ständig übel. Bei ihm kam es nie so, wie es die einschlägigen Werke vorsahen. Als er schließlich eines Tages hinter bösen Knaben her war, die er ermahnen wollte, fand er eine Schar in der alten Eisengießerei, wo sie vierzehn oder fünfzehn Hunden einen Schabernack spielen wollte; sie hatten sie in einer langen Reihe zusammengebunden und wollten ihnen gerade zur Verzierung leere Nitroglyzerinbüchsen am Schwanz festmachen. Das griff Jacob ans Herz. Er setzte sich auf eine dieser Büchsen (sich mit Dreck zu beschmieren, machte ihm gar nichts aus, wenn er die Pflicht vor sich sah), faßte den vordersten Hund am Halsband und blickte vorwurfsvoll den boshaften Tom Jones an. Gerade in dem Augenblick trat aber zornentbrannt Stadtrat McWelter ein. Alle bösen Knaben nahmen Reißaus, doch Jacob Blivens erhob sich unschuldsvoll und begann eine jener prächtigen kleinen Sonntagsschulbuchreden, die immer mit »Oh, Sir!« beginnen, im entschiedenen Gegensatz zu der Tatsache, daß kein Junge, ob gut oder böse, je eine Äußerung mit »Oh, Sir!« beginnt. Aber der Stadtrat hörte sich die übrige Rede gar nicht erst an. Er nahm Jacob bei den Ohren, wirbelte ihn herum und gab ihm mit der flachen Hand einen Schlag auf den Hintern, und im gleichen Augenblick schoß der gute Knabe zum Dach hinaus und flog immer höher Richtung Sonne, wobei die Überreste der fünfzehn Hunde hinter ihm herzogen wie der Schwanz eines Drachen. Von dem Stadtrat und der Eisengießerei war keine Spur mehr auf der Erde zu sehen; und was den jungen Jacob Blivens betrifft, so bekam er keine Gelegenheit, seine letzte Rede zu halten – nach all der Mühe, sie aufzusetzen –, wenn er sie nicht den Vögeln hielt; denn obgleich die Hauptmasse von ihm in einem Nachbarkreis ganz gut auf einem Baum niederging, teilte sich das übrige von ihm auf vier Ortschaften auf, so daß fünf Leichenschauen abgehalten werden mußten, um herauszufinden, ob er tot war oder nicht, und wie alles geschehen war. So einen zerstreuten Knaben hat man noch nicht gesehen.

So ging der gute Knabe zugrunde, der sich die redlichste Mühe gab, dem es aber nicht den Büchern gemäß erging. Jeder Knabe, der so handelte wie er, hatte Glück, nur er nicht. Sein Fall ist wirklich bemerkenswert. Man wird wahrscheinlich nie eine Erklärung dafür finden.

Mark Twain

Es rengelet, es schneielet,
da geht ein kühler Wind.
Da schlafen alle Vögele
und alle armen Kind.
Es regnet große Tropfen.
Böse Buben muß man klopfen,
die braven legt man ins Seidenbett,
die bösen in die Dornenheck,
die braven werden in der Kutsche gefahrn,
die bösen in die Donau getragn.

Der König und der Übelredner

Es war einmal ein König, dem diente ein übelredender Mann, aus dessen Mund kein gutes Wort kam.

Der König zog in einen fünfjährigen Krieg und sagte zu dem Übelredner: »Sag ein gutes Wort, und wenn ich zurückkehre, werde ich dir ein Gewand geben!«

Der Übelredner sagte: »Wenn du nicht zurückkehrst, wer wird mir dann das Gewand geben? Soll ich das gute Wort auch noch verlieren?«

Der König zog davon. Zwei Jahre vergingen. Der Übelredner konnte die Abwesenheit des Königs nicht länger ertragen und machte sich auf den Weg zu ihm.

Als er hinkam, erblickte der König ihn zuerst und sagte zu seinem Wesir: »Schau nur, die Stinkkehle kommt. Frag ihn nichts, er redet nur Übles. Frag ihn nur nach meinem Hündchen!«

Der Übelredner trat herzu und küßte die Erde.

Der Wesir fragte: »Du Leuteverstimmer, was macht das Hündchen des Königs?«

Der Übelredner sagte: »Es ist gestorben.«

Der Wesir fragte: »Was hat ihm gefehlt?«

Der Übelredner antwortete: »Das weiße Kamel des Königs ist verendet, das Hündchen hat von seinem Kadaver gefressen und ist daran gestorben.«

Der Wesir fragte: »Was hat das Kamel umgebracht?« Der Übelredner erwiderte: »Die Mutter des Königs hat diese Welt verlassen, und wir haben sie dem Kamel aufgeladen, damit es sie zu ihrem Grabe trage. Daran ist es gestorben.«

Feuer umfing das Herz des Königs, und er fragte: »Woran ist sie gestorben? Welche Krankheit hat sie gehabt?«

Der Übelredner erwiderte weinend: »Die strahlende Königin hat diese Welt verlassen, und der Kummer darüber hat Eure Mutter getötet.«

Der König raufte sich den Bart und fragte: »An welcher Krankheit litt die Königin?«

Der Übelredner sagte: »Die Blattern haben Eure Söhne und Töchter dahingerafft, und dieses Leid konnte sie nicht ertragen.«

Der König schlug sich an den Kopf und fragte: »So ist von meinem Haus nichts mehr übriggeblieben?«

Der Übelredner antwortete: »Als ich dort war, warf man Stroh in Euer Schloß, weiter weiß ich nichts mehr.«

Doch all seine Worte waren Lüge und nur dazu erdacht, den Menschen Kummer zu bereiten.

Sulchan-Saba Orbeliani

Es kam ein Herr zum Schlößli
Auf einem schönen Rößli,
Da lugt die Frau zum Fenster aus
Und sagt: »Der Mann ist nicht zu Haus

Und niemand heim als Kinder
Und's Mädchen auf der Winden.«
Der Herr auf seinem Rößli
Sagt zu der Frau im Schlößli:

»Sind's gute Kind, sind's böse Kind?
Ach, liebe Frau, ach sagt geschwind.«
Die Frau, die sagt: »Sehr böse Kind,
Sie folgen Muttern nicht geschwind.«

Da sagt der Herr: »So reit ich heim,
Dergleichen Kinder brauch ich kein.«
Und reit auf seinem Rößli
Weit, weit entweg vom Schlößli.

Monolog des Bösen

Eines Tages stand das Böse dem Guten Auge in Auge gegenüber und wollte es gerade verschlingen, um ein für allemal jenen lächerlichen Streit zu beenden; als es das Gute aber so klein vor sich sah, dachte das Böse:

›Das ist sicher bloß eine Falle, denn wenn ich jetzt das Gute, das so schwach aussieht, auffresse, werden die Leute denken, daß ich etwas Schlechtes getan habe, und ich würde vor Scham so klein werden, daß das Gute die Gelegenheit nicht unbenützt ließe und mich verschlänge, mit dem Unterschied, daß die Leute dann denken werden, daß es recht getan habe, denn es ist schwierig, sie von ihrer festgefügten Meinung abzubringen, daß das, was das Böse tut, bös und das, was das Gute tut, gut ist.‹

Und so geschah es, daß das Gute noch einmal davonkam.

Augusto Monterroso

Das Fest

Die großen Tiere hatten Frieden geschlossen. Es war höchste Zeit. Früher hatten sie einander, hauptsächlich wegen der Kleinen, ununterbrochen bekämpft, bis der Fuchs sie eines Tages in sein Schloß zusammenrief und ihnen klarmachte, wie dumm sie eigentlich wären.

»Wir Edelleute vernichten gegenseitig unser schönes Geschlecht immer nur wegen der Untertanen. Schließlich wird die Blüte des Adels so geschwächt, daß die niederen Tiere uns völlig in der Gewalt haben und wir deren Untertanen sein werden!« Und er sprach so lange auf sie ein, bis sie ihre frühere Feindschaft vergaßen und miteinander Frieden schlossen.

Überall wurde kundgetan, daß zu aller Nutz und Frommen ewiger Frieden zwischen den Fürsten herrsche und daß es zur Wahrung dieses Friedens allen kleinen Tieren hinfort verboten sei, sich bei irgendeinem Herrn über einen anderen Herrn zu beklagen, widrigenfalls sie sich der Strafe aussetzen würden, auf der Stelle totgebissen und aufgefressen zu werden.

Die Großen im Tierreich waren nun dicke Freunde, die zusammen üppige Feste feierten und in ihrem gegenseitigen Revier nach Herzenslust jagen durften, was ihnen zusagte.

So durfte Hinze, der Kater, in jedem Gehege Mäuse fangen.

Der Fuchs durfte sich die Hühner holen, der Wolf die Lämmer, hatte doch jeder seinen eigenen Geschmack, und was dem einen nicht gefiel, war dem anderen ein Lekkerbissen. So wurde der Frieden im Lande nicht gestört.

Aber für die Kleinen war eine traurige Zeit gekommen. Sie zitterten Tag und Nacht vor Angst und Sorge.

Heute wurde in Malepartus, im Schloß des Fuchses, der dritte Jahrestag des Friedens festlich begangen. Der Lärm der Gäste drang durch die erleuchteten Fenster bis tief in die Nacht hinaus.

Mögen sie ruhig feiern! Ach, wollten sie doch wochenlang feiern!

Die kleinen Tiere wußten, daß sie dann wenigstens einmal unbesorgt hinaustreten durften. Deshalb besuchten sie sich gegenseitig in dieser Nacht, um einander ihre Not zu klagen oder Trost zu spenden, oder sie machten sich an die Arbeit, um Vorräte einzusammeln.

So saß auch das Häslein, das seit der Verkündung des Friedens so viele Brüder, Nichten und Vettern verloren hatte, froh und unbekümmert in der nächtlichen Stille der Felder und tat sich gütlich an einem saftigen Kohlblatt. Es lauschte der Nachtigall, die im Laub einer Birke ihre Lieder sang, und schlug beim Schmausen mit dem kurzen Schwanz den Takt dazu.

Es hatte sich gerade ein frisches Blatt genommen, als es von einer zarten Stimme aus einer nahen Eiche angerufen wurde.

»Liebes Häslein, dir scheint es ja zu schmecken!«

»Wie du siehst, Eichhörnchen«, sagte das Häslein; »was gibt es?«

»Nichts Besonderes, Häslein. Beim Fuchs wird ein großes Fest gefeiert.«

»Sonst säße ich nicht so ruhig hier, Eichhörnchen, denn heutzutage ist es kein Vergnügen, als Hase geboren zu sein.«

»Es muß ein gewaltiges Fest sein, wie die Fledermaus erzählte, die soeben dort vorbeigeflattert ist. Gestern schon, sagte sie, hat man ganze Ladungen Enten, Lämmer und Mäusekränze hineingeschafft und volle Töpfe für den Bären. Und nun fressen sie sich so dick und prall, sagte sie, daß sie sich kaum noch rühren können. Aber immer wird noch weiter gebraten und gekocht, und die Becher werden immer wieder mit frischem Blut gefüllt...«

»Schweig«, flehte das Häslein, »ich kann vor Angst nicht mehr fressen.«

»Schade, daß keine Bäume um das Schloß stehen, sonst könnte ich hinaufklettern und ihrem Treiben zusehen.«

»Nun, Eichhörnchen, wenn ich so gut klettern könnte wie du und nicht so ängstlich wäre wie ich, dann würde ich auf die Mauer klettern und alles sehen können.«

»Das täte ich schon, Häslein, wenn ich so schnelle Beine hätte wie du.«

»Die sind so lang geworden vor Angst«, sagte das Häslein schüchtern.

»Hör mal, Häslein«, meinte das Eichhörnchen, »ich habe einen Gedanken. Wir könnten zusammen unseren Feinden beim Festmahl zusehen, wenn wir einander helfen!« »Wieso?« fragte das Häslein erstaunt.

»Ganz einfach. Wir gehen zusammen hin. Ich klettere auf die Mauer, und du hängst dich an meinen Schwanz. Von der dicken Mauer herab können wir alles beobachten, und da es draußen dunkel und der Festsaal hell erleuchtet ist, kann man uns nicht sehen...

»Und wenn wir doch erwischt werden?« fragte das ängstliche Häslein.

Lachend antwortete das Eichhörnchen: »Sie können uns gar nichts tun, denn sie sind ja alle betrunken. Und sollten wir doch ausreißen müssen, dann setze ich mich auf deinen Rücken, öffne meinen Schwanz wie ein Segel im Winde, und da fliegen wir fast bis in die Wolken.«

»Ich wage es nicht«, sagte das Häslein, »wenn ich das Fest auch gern sehen möchte.«

Aber das Eichhörnchen gab keine Ruhe und wußte das Häslein zu guter Letzt doch noch für seinen Plan zu gewinnen. Nebeneinander hüpften sie davon.

Das Schloß Malepartus mit seinen mächtigen Mauern aus rohen Steinen war von einem tiefen, breiten Schlammgraben umgeben. Die hölzerne Zugbrücke bildete den einzigen Zugang und lag seit der Verkündung des Friedens herabgelassen über dem Graben.

Aus den offenen Fenstern klangen trunkene Stimmen. Das Eichhörnchen zog das bange Häslein mit sich über die Brücke. Zitternd vor Angst, blickte das Häslein in den tiefen Graben, und das Eichhörnchen flüsterte: »Wer dort hineinfällt, kommt nicht wieder heraus. Das ist Schlammwasser, selbst der Hecht müßte darin ertrinken.«

Das Häslein wäre fast gestorben vor Angst, aber zum Weglaufen war es zu schüchtern. Sie kamen an das geschlossene Tor. »Jetzt meinen Schwanz gut festhalten und keine Angst haben«, sagte das Eichhörnchen, »wenn wir fallen, fallen wir auf die Brücke.« Es kletterte an den hohen Steinen empor, und das Häslein ließ sich mitziehen. Mit viel Mühe gelangten sie auf die Mauer hinauf und konnten nun bequem in den Festsaal blicken. Da sahen sie wahrhaftig im Fackelschein die hohen Herrschaften, die sich um einen reichbestellten Tisch geschart hatten. Der Fuchs und seine Familie verzehrten fette Gänse, der Wolf verschlang eine Hammelkeule mitsamt den Knochen, der Bär strich Honig auf einen rosigen Hasenrücken, der Kater vertrieb sich die Zeit mit einem Kranz aufgereihter Mäuse. Alle hatten ihre Frauen und Kinder mitgebracht. Plötzlich erhob sich der Wolf und sprach: »Wir wollen Freunde sein in gegenseitiger Aufopferung, damit der Frieden gewahrt bleibt. Ich lade euch alle ein in mein Waldschloß, das reich ist an köstlichem Mundvorrat. Es lebe der König! Es lebe die Königin!«

Alle hoben die Becher und sangen.

»Diese Heuchler!« sagte das Eichhörnchen; »siehst du, Häslein, wie sie fressen und saufen?«

»Ja, ja«, sagte das Häslein, zitternd vor Angst, »ich sehe es. Komm, wir wollen gehen.« Und es zog das Eichhörnchen am Schwanz. »Ja«, sagte der kleine Kletterer, »wir gehen schon, aber wir müssen die Herrschaften erst noch ein anderes Gesicht machen sehen«, und es nahm einen von den vielen Steinen, die locker auf der Mauer lagen. Der Stein sauste durchs Fenster gerade auf Isegrims Becher. Die Scherben fielen klirrend auf den Tisch. »Schnell, schnell«, sagte das Eichhörnchen, »laß dich fallen!«, sprang auf die Brücke und rannte davon. Aber dem Häslein war der Schreck so in die Glieder gefahren, daß es zum ersten Mal in seinem Leben nicht laufen konnte. Es blieb wie festgenagelt sitzen. Im Saal erhob sich ein fürchterlicher Lärm. Alle stürzten brüllend ans Fenster und sahen das erschrockene Häslein auf der Mauer sitzen. Es saß wie versteinert aufrecht auf den Hinterpfoten und sah die wutverzerrten Gesichter, die drohenden Zähne, die blutigen Zungen und glühenden Augen.

»Soso!« rief der Fuchs, »du wagst es auch noch, sitzen zu bleiben! Träum ich denn nur? Was? Du willst meine Gäste ärgern? Wir wollen im Frieden leben, und du möchtest uns gegeneinander aufhetzen! Heute mache ich mir die Zähne an dir nicht schmutzig. Ich will mein Fest nicht stören, indem ich deine Sippschaft verfolge, aber morgen vertilge ich zusammen mit meinen Freunden das ganze Hasengeschlecht!«

Da fiel das Häslein vor Schreck hintenüber und lief so schnell davon, als spürte es schon die Zähne im Nacken.

»Halt!« rief das Eichhörnchen, »niemand wird dich verfolgen, dazu sind sie viel zu vollgefressen.«

»Ach Gott, ach Gott!« jammerte das Häslein, schlotternd vor Angst, »was hast du mir angetan! Morgen müssen wir alle dran glauben.«

»Armes Häslein, das glaube ich auch«, sagte das Eichhörnchen.

Das Häslein klagte Stein und Bein, und das Eichhörnchen überlegte.

»Ich habs!« rief es plötzlich. »Wir laufen schnell zur Ratte, zur Maus, zum Biber, zu allen, die zu nagen, zu sägen und zu feilen verstehen. Alle müssen mitkommen, und wenn es gutgeht, bereiten wir den Herren selbst ein böses Ende!«

»Wieso?« meinte das Häslein aufatmend.

»Schweig still, und sause wie ein Pfeil!«

Mit dem Eichhörnchen auf dem Rücken, das sich an den langen Hasenohren festhielt und den Schwanz aufrecht im Winde trug, rannte das Häslein über die Heide.

In Ratten- und Mäuselöcher, in den Bau des Bibers, überallhin brachten sie die Nachricht, daß die Tyrannen sie morgen alle vernichten wollten. Wie sie diese Nachricht erfahren hatten, das erzählten sie nicht.

»Ihr müßt alle helfen. Ihr braucht nur zu nagen, das übrige laßt meine Sorge sein!« sagte das Eichhörnchen.

Eine Stunde später strömten von allen Seiten Ratten und Mäuse, Kaninchen und Hasen, alle, die zu nagen, zu sägen und zu feilen verstehen, in großen Scharen zum Schloß Malepartus. Drinnen erklang ein wilder Gesang aus trunkenen Kehlen. Das Eichhörnchen führte die Scharen an die Brücke und befahl: »Nagt, sägt und feilt, quer durch die Brücke, wenn die einen müde sind, fangen die anderen an!« Jetzt begannen die Tiere in einer Reihe eng nebeneinander eifrig zu nagen. Aber der Lärm im Schloß übertönte jedes Geräusch. Plötzlich rief das Eichhörnchen: »Genug! sonst bricht sie durch. Versteckt euch alle im Heidekraut! Jetzt werdet ihr was erleben! Komm, Häslein, wieder hinauf!« Dem Häslein zitterten die Knie vor Angst.

»Das muß sein«, sagte das Eichhörnchen, »sie müssen vor Wut kochen, du mußt sie herauslocken.« Sie stiegen beide auf die Mauer.

»Setz dich hin wie vorher, aber springe diesmal beizeiten ab!«

Das Häslein gehorchte und setzte sich auf die Hinterbeine. Das Eichhörnchen schleuderte nun Steine durchs Fenster. Klatsch! Bum! Plauz! Dem Fuchs auf die Nase, dem Wolf ins Auge, dem Bären, der gerade gähnte, mitten in den schwarzen Rachen. Gläser und Teller gingen klirrend in Scherben. Man konnte denken, das ganze

Haus stürze ein. Und wieder sahen sie das Häslein sitzen; das war wirklich zuviel.

»Weg mit ihm! Noch heute vernichten wir das ganze Hasengeschlecht!«

Man hörte, wie sie holterdiepolter die Treppe herabstürzten und heulend und brüllend hinausstürmten.

»Komm!« rief das Eichhörnchen. Beide sprangen auf die Brücke und verschwanden. Da flog das Tor auf. Sie sahen das Häslein noch schnell um die Ecke biegen. Als aber die schweren, plumpen, vollgefressenen Leiber plötzlich auf die Brücke polterten, brach sie krachend in zwei Hälften auseinander. Alle waren darauf und stürzten hinunter in den zähen Schlamm, in dem jede Bewegung unmöglich war. Mit wüstem Geheul und Gebrüll sanken sie in die Tiefe.

Als es stiller wurde, kamen die kleinen Tiere aus ihrem Versteck zum Vorschein und sahen den furchtbaren Untergang der Tyrannen. Nachdem die letzten in dem Schlamm versunken waren und während nur noch hier und da ein Schwanz emporragte, fingen sie an zu tanzen und jubelten dem Eichhörnchen zu.

Aber das Eichhörnchen erzählte die volle Wahrheit und fügte hinzu: »Wir verdanken unsere Freiheit dem Häslein, das sitzenblieb aus ... Angst.«

Felix Timmermans

Möcht wohl wissen, wer das ist,
der immer mit zwei Löffeln frißt.

Es sitzt ein Engelein an der Wand,
hat ein Gackei in der Hand,
möchte es gerne essen,
hat es aber kein Messer.
Fällt ein Messer vom Himmel rab
und schneid dem Engel es Köpfle ab.
Die Magd springt zum Balbierer,
dort ist kein Mensch zuhaus,
die Katz fegt die Stuben aus,
die Maus schaut zum Fenster raus.
Und der Gicker auf dem Dach
hat sich schier zutod gelacht.

Etwas lernen und mit der Zeit darin immer geübter werden, ist das nicht auch eine Freude? Wenn dann von fern her Gleichgesinnte kommen und zu Freunden werden, ist das nicht auch eine Freude?

Konfuzius

Eine Nachtigall fand unter den anderen Sängern des Waldes viele Neider, aber keinen Freund. Vielleicht finde ich ihn bei einer anderen Gattung, dachte sie und flog vertraulich zu dem Pfau herab.

»Schöner Pfau, ich bewundere dich!«

»Ich dich ebenso, liebe Nachtigall!«

»So laß uns Freunde sein«, sprach die Nachtigall weiter.

»Wir werden uns gegenseitig nie beneiden. Du bist dem Auge so angenehm wie ich dem Ohr.«

Nachtigall und Pfau wurden Freunde.

Lessing

Die heil'gen drei Kön'ge aus Morgenland,
sie frugen in jedem Städtchen:
»Wo geht der Weg nach Bethlehem,
ihr lieben Buben und Mädchen?«
Die Jungen und Alten, sie wußten es nicht,
die Könige zogen weiter,
sie folgten einem goldenen Stern,
der leuchtete lieblich und heiter.
Der Stern bleibt stehn über Josephs Haus,
da sind sie hineingegangen;
das Öchslein brüllte, das Kindlein schrie,
die heil'gen drei Könige sangen.

Heinrich Heine

Da kommen die drei König mit ihrem Stern
Sie krachen die Nüsse und essen den Kern.
Sie werfen die Schalen zum Fenster naus,
da kommen die Hühnlein und picken sie auf.

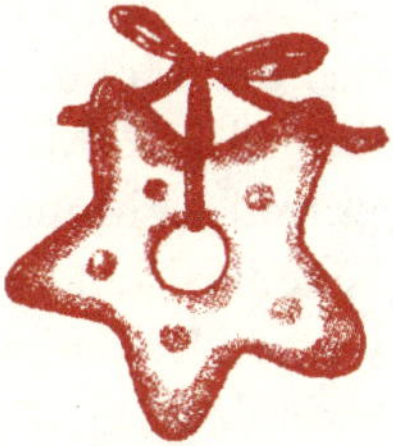

Die zwei Hirten in der Christnacht

Als das Christkindlein geboren war, saßen die zwei Hirten, Damon und Halton, nachts bei ihrer Herde und erzählten sich einander, was sie dem Christkindlein für Geschenke machen wollten; es war bei einem Bache, unter einem Palmbaum, ihre Schafe lagen um sie her und schliefen, es war auf einer weiten, weiten Wiese oben auf einem Berge, der Mond war ganz groß, und rechts waren am Himmel eine Menge kleine Wolken, wie Schäfchen so weiß, und der Mond war wie der Schäfer dazu; auf der linken Seite aber stand am Himmel der Morgenstern, ganz hell wie ein Kristall, der stand über dem Stall, worin das Jesuskindlein lag, die Hirten aber saßen unter dem Palmbaum am Bach, der rauschte ganz leis, da haben sie so gesungen:

Halton. Ich will dem Kindlein schenken
Ein silberweißes Lamm,
Soviel ich mich bedenke,
Kein schöners ich bekam;
Es hat zur linken Seite
Wie Blut so rot ein Fleck,
Weiß nicht, was der bedeutet,
Und was dahintersteckt.

Damon. Und ich schenk diesem Kinde
Ein Kälbchen zart und klein,
Mit roten Bändern binde
Ich ihm die Füßlein sein;

Und so will ich es tragen
Gar schön auf meinem Hals,
Das Kindlein wird da sagen:
Ach Mutter, mir gefallts.

Halton. Und ich will ihm noch schenken
Ein junges Böcklein schön,
Es treibt wohl tausend Schwänke
Und bleibt nicht lange stehn;
Es klettert, stutzt und springet
Und bleibt an keiner Stell,
An seinem Halse klinget
Ein goldnes Glöcklein hell.

Damon. Und ich will ihm noch schenken
Ein rotes Hirschkälblein,
Sein Füßlein und Gelenke
Sind gar so zart und fein;
Da mirs auf grüner Straßen
Im Wald entgegenkam,
Ließ sichs ganz gerne fassen,
Ging mit und wurde zahm.

Halton. Und ich will ihm noch schenken
Ein schönes Eichhörnlein,
Kann schnell herum sich schwenken,
Ein hurtig Meisterlein;
Das Christkindlein wird lachen,
Wenn es die Nüßlein packt
Und schnell sie tut aufkrachen,
Trick track wohl nach dem Takt.

Damon. Und ich will ihm noch schenken
Ein weißes Häselein,
Es ist voll tausend Ränken,
Will stets bei Menschen sein;
Es wird beim Kripplein spielen
Und trommeln eigentlich,
Die Schläge nieder zielen
Mit Füßen meisterlich.

Halton. Und ich will ihm noch schenken
Ein wachsam Hündelein,
So klug, man solls kaum denken,
Es tanzet ganz allein;
Es kann auch apportieren
Und stehen auf der Wacht,
Sucht, was man tut verlieren,
Was gilts, das Kindlein lacht.

Damon. Und ich will ihm noch schenken
Ein mausig Kätzelein,
Ihm darf kein Härlein kränken,
Halton, dein Hündelein.
Es läßt sich auch nicht beißen,
Gar schnell sich widersetzt,
Tut bürsten sich und spreißen,
Bleibt immer unverletzt.

Halton. Und ich will ihm noch schenken
Ein Stückchen Einerlei,
Mein, jetzo wirst du denken,
Was dieses doch wohl sei?

Zu deinem Kätzlein eben
Will ich ihm noch dabei
Ein pelzern Mausfall geben,
So hats der Kätzlein zwei.

Damon. Und ich will ihm noch schenken
Ein muntres Täubelein,
Das lauft auf Tisch und Bänken
Mit seinem Schwesterlein;
Ein Ringlein ihnen beiden
Bezirkelt Hals und Brust,
Aus Flaum und Federseiden,
Recht farbig nach der Lust.

Halton. Und ich will ihm noch schenken
Zwo Turteltauben keusch,
Die spreiten, heben, senken
Die Flügel ohn Geräusch;
Ihr Stimmlein, wie man spüret,
Sind lauter Seufzerlein,
Gott weiß, welch Leid sie rühret
In ihrem Herzelein.

Damon. Und ich will ihm noch schenken
Ein großen bunten Hahn,
Der Haupt und Hals tut schwenken,
Gleich einem edlen Schwan;
Mit Sporn und Busch er gehet,
Stolz als ein Rittersmann,
Und morgens fleißig krähet
Der bunte Wettermann.

Halton. Und ich will ihm noch schenken
Ein Fink und Nachtigall,
Die Kopf und Ohren lenken
Nach meiner Flöte Schall;
Spiel ich die Schäferlieder,
So kommen sie herbei
Und pfeifen sie mir wieder
In ihrer Melodei.

Damon. Und ich will ihm noch schenken
Ein weißes Körbelein,
An Balken soll mans henken,
Voll kleiner Vögelein;
Ich selber habs geschnitzet
In siebenthalben Tag,
Ist neu und unbeschmitzet,
Nicht gnug mans loben mag.

Halton. Und ich will ihm noch schenken
Ein schönen Hirtenstab,
Mit Farben ihn besprengen,
Wie es noch keinen gab;
Die Kunst hab ich gelernet,
Wie man es machen soll,
Daß ganz er wird gesternet
Und bunter Flecken voll.

Damon. Und ich will ihm noch schenken
Viel schöne Sachen mehr,
Ja schenken und noch schenken
Je mehr und je noch mehr;

Auch Äpfel, Birn und Nüsse,
Milch, Honig, Butter, Käs,
Ach wenn ich doch könnt wissen,
Was es recht gerne äß.

Halton. Wohl denn, so laßt uns reisen
Zum schönen Kindelein
Und unsre Gaben preisen
Dem kleinen Schäferlein;
Ihm alles auf soll heben
Die Mutter mit Bescheid,
Daß es ihm wird gegeben
Hernach zu seiner Zeit.

Prinz ist ein Wort
mit einem umgebundenen Stern«,
sagte ein Junge von sieben Jahren.

Walter Benjamin

Schlaf, Kindlein, schlaf!
Es war einmal ein Schaf.
Das Schaf, das ward geschoren,
da hat das Schaf gefroren.
Da zog ein guter Mann
ihm seinen Mantel an.
Jetzt brauchts nicht mehr zu frieren,
kann froh herumspazieren.

Morgenstern

Ein Wahrheitslied

Als Gott der Herr geboren war,
Da war es kalt,
Was sieht Maria am Wege stehn?
Ein Feigenbaum.
Maria, laß du die Feigen noch stehn,
Wir haben noch dreißig Meilen zu gehn,
Es wird uns spät.

Und als Maria ins Städtlein kam,
Vor eine Tür,
Da sprach sie zu dem Bäuerlein,
Behalt uns hier,
Wohl um das kleine Kindelein,
Es möcht dich wahrlich sonst gereun,
Die Nacht ist kalt.

Der Bauer sprach von Herzen ja,
Geht in den Stall!
Als nun die halbe Mitternacht kam,
Stand auf der Mann;
Wo seid ihr denn, ihr armen Leut?
Daß ihr noch nicht erfroren seid,
Das wundert mich.

Der Bauer ging da wieder ins Haus,
Wohl aus der Scheuer,
Steh auf mein Weib, mein liebes Weib,
Und mach ein Feuer,

Und mach ein gutes Feuerlein,
Daß diese armen Leutelein
Erwärmen sich.

Und als Maria ins Haus hin kam,
Da war sie froh,
Joseph, der war ein frommer Mann,
Sein Säcklein holt;
Er nimmt heraus ein Kesselein,
Das Kind tät ein bißchen Schnee hinein
Und das sei Mehl.

Es tat ein wenig Eis hinein,
Und das sei Zucker,
Es tat ein wenig Wasser drein,
Und das sei Milch;
Sie hingen den Kessel übern Herd,
An einen Haken, ohn Beschwerd
Das Müslein kocht.

Ein Löffel schnitzt der fromme Mann
Von einem Span,
Der ward von lauter Elfenbein
Und Diamant;
Maria gab dem Kind den Brei,
Da sah man, daß es Jesu sei,
Unter seinen Augen.

Sternsingen

Nun reisen wir froh nach unsrer Sonnen,
wir haben allhier groß Heil gewonnen.
Des freuet sich die englische Schar:
Wir wünschen euch allen ein glückselig Neujahr.

Wir wünschen dem Herrn einen goldenen Hut,
er trinke keinen Wein, er sei denn gut.

Wir wünschen dem Herrn ein Reiterpferd,
ein Paar Pistolen, ein goldenes Schwert.

Wir wünschen dem Herrn einen goldenen Bronnen,
so ist ihm niemals sein Glück zerronnen.

Wir wünschen dem Herrn einen goldenen Mutzen,
er lasse sich auch von keinem trutzen.

Wir wünschen dem Herrn einen goldenen Tisch,
auf jedes Eck einen gebackenen Fisch.

Wir wünschen der Frau einen goldenen Rock,
sie geht daher als wie eine Dock.

Der Frau wolln wir wünschen ein goldene Kron,
und übers Jahr einen jungen Sohn.

Wir wünschen dem Sohn eine Feder in die Hand,
damit soll er schreiben durchs ganze Land.

Dem Sohn wolln wir wünschen ein grünes Kleid,
und übers Jahr ein junges Weib.

Wir wünschen der Tochter ein Rädelein,
damit soll sie spinnen ein Fädelein.

Der Tochter wolln wir wünschen eine goldne Kann,
und übers Jahr einen jungen Mann.

Wir wünschen der Großmutter eine kupferne Pfann,
aufs andere Jahr einen puckligen Mann.

Wir wünschen der Magd einen Besen in die Hand,
damit soll sie kehren die Spinnen von der Wand.

Wir wünschen der Magd einen hölzernen Tisch,
auf allen vier Ecken einen Flederwisch.

Und in der Mitt eine Wasserkann,
aufs andre Jahr einen versoffenen Mann.

Wir wünschen dem Knecht eine Peitsch in die Hand,
damit soll er fahren durchs ganze Land.

Wir wünschen dem Kleinknecht ein rotes Leibchen,
aufs andere Jahr ein junges Weibchen.

Wir wünschen euch allen einen goldenen Wagen,
damit ihr könnt ins Himmelreich fahren.

Wir wünschen der Köchin ein fröhlich neu Jahr,
daß all ihr Unglück zum Schlot hinaus fahr!
Wir hören sie mit den Schlüsseln rum klingeln,
sie wird uns wohl eine Gabe bringen!

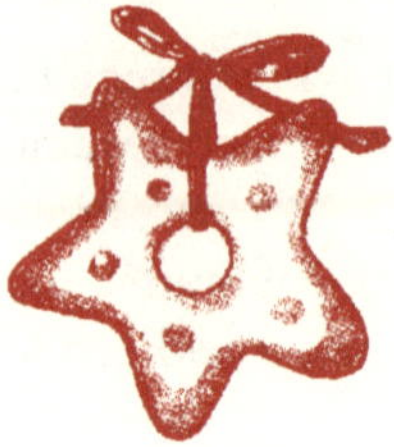

Es stand ein Sternlein am Himmel,
Ein Sternlein guter Art;
Das tät so lieblich scheinen,
So lieblich und so zart.

Ich wußte seine Stelle
Am Himmel, wo es stand,
Trat abends vor die Schwelle
Und suchte, bis ich's fand.

Das Sternlein ist verschwunden,
Ich suche hin und her,
Wo ich es sonst gefunden,
Und find es nun nicht mehr.

Matthias Claudius

Verfasser- und Quellenverzeichnis

Hans Christian Andersen · 1805 in Odense geboren, gestorben 1875 in Kopenhagen.
Der Tannenbaum, S. 118. Nach: Weihnachtsgeschichten für Kinder. Agentur des Rauhen Hauses Hamburg 1967.

Walter Benjamin · 1892 in Berlin geboren, gestorben 1940 in Port Bou/Spanien.
Prinz ist ein Wort, S. 248. Aus: Über Kinder, Jugend und Erziehung. Mit Abbildungen aus der Sammlung. Benjamin. © Suhrkamp Verlag Frankfurt am Main 1969 (edition suhrkamp 391), S. 47.

Peter Bichsel · 1935 in Luzern geboren, lebt in Bellach bei Solothurn.
Am 24. Dezember 1970 (Titel: Lesebuchgeschichte), S. 146. Abdruck mit freundlicher Genehmigung des Autors.

Bertolt Brecht · 1898 in Augsburg geboren, gestorben 1956 in Berlin.
Und wenn die Schneewind wehen (Titel: Lied von der Bleibe. Auszug), S. 9. Aus: Gesammelte Werke in acht Bänden. Herausgegeben vom Suhrkamp Verlag in Zusammenarbeit mit Elisabeth Hauptmann. II. Stücke 2. Gesammelte Werke © Copyright Suhrkamp Verlag Frankfurt am Main 1967, S. 1429.
Ich bin der Sperling (Titel: Die Vögel warten im Winter vor dem Fenster), S. 75; Die große Decke, S. 167. Aus: Gesammelte Werke. IV. Gedichte.

Brigid Brophy · 1929 in London geboren, lebt dort.
Wünsche, S. 87. Aus: Dichter Europas erzählen Kindern. 46 neue Geschichten aus 17 Ländern. Herausgegeben von Gertraud Middelhauve. Aus dem Englischen von Helmut Winter. © 1972 Brigid Brophy und Gertraud Middelhauve Verlag, Köln.

Martin Buber · 1878 in Wien geboren, gestorben 1965 in Jerusalem.
Einmal brachte eine Mutter (Titel: Wo wohnt Gott?), S. 168. Copyright Verlag Lambert Schneider, Heidelberg.

Matthias Claudius · 1740 in Rheinfeld/Holstein geboren, gestorben 1815 in Hamburg.
Ein Wiegenlied bei Mondschein zu singen, S. 44; Nun mag ich auch nicht länger leben, S. 68; Du stehst hier auf dem Hügel, S. 74; Ein Lied hinterm Ofen zu singen, S. 86; Es stand ein Sternlein am Himmel (Titel: Sternlein), S. 255. Aus: Sämtliche Werke des Wandsbecker Boten. S. Fischer Verlag Berlin 1943.

Günter Bruno Fuchs · 1928 in Berlin geboren, dort gestorben 1977.
Aus diesem Schnee (Titel: Ein Neuruppiner Bilderbogen 1), S. 39; Ich möchte dir (Auszug aus: Aus Baroshs Erzählungen 5), S. 42; Es wird kalt (Auszug aus: Mobilmachung und Flucht), S. 42; Wer frißt kleine Kuchen (Aus »Brevier eines Degenschluckers«), S. 68; Ich habe den Menschen gesagt (Auszug aus: Für ein Kind), S. 145; Ich bin der kleinste Mann (Titel: Freundesgruß), S. 152. Aus: Das

Lesebuch des Günter Bruno Fuchs. © 1970 Carl Hanser Verlag, München, S. 221, 17, 136, 81, 23, 99.

Franz Fühmann · 1922 in Rochlitz/Tschechoslowakei geboren, gestorben 1984 in Berlin.
Das Wintermärchen, S. 169. Aus: Shakespeare-Märchen. Für Kinder erzählt von Franz Fühmann. Der Kinderbuchverlag Berlin o.J.

Brüder Grimm · Jacob (Ludwig Karl) Grimm: 1785 in Hanau geboren, gestorben 1863 in Berlin. Wilhelm (Karl) Grimm: 1786 in Hanau geboren, gestorben 1859 in Berlin.
Der goldene Schlüssel, S. 45. Aus: Kinder- und Hausmärchen gesammelt durch die Brüder Grimm, mit den Zeichnungen von Otto Ubbelohde und einem Vorwort von Ingeborg Weber-Kellermann. Dritter Teil. Insel Verlag Frankfurt am Main 1974 (insel taschenbuch 114).

Peter Hacks · 1928 in Breslau geboren, lebt in Berlin.
Ballade vom schweren Leben des Ritters Kauz vom Rabensee, S. 40. Aus: Das Windloch. Werner Hörnemann Verlag, Bonn 1970. Abdruck mit freundlicher Genehmigung des Autors. Der Bär auf dem Försterball, S. 92. Nach: Dichter erzählen Kindern. Herausgegeben von Gertraud Middelhauve. Gertraud Middelhauve Verlag, Köln 1966. Abdruck mit freundlicher Genehmigung des Autors.

Heinrich Heine · 1797 in Düsseldorf geboren, gestorben 1856 in Paris.
Ich wollte, meine Lieder, S. 142. Aus: Der Wind zieht seine Hosen an. Gedichte. Auswahl und Vorwort von Regina Hänsel. Der Kinderbuchverlag Berlin o.J.
Die heil'gen drei Kön'ge, S. 240. Aus: Buch der Lieder. Insel-Verlag Leipzig 1957. Die Heimkehr, S. 108 f.

Wilhelm Hey · 1790 in Leina bei Gotha geboren, gestorben 1854 in Ichtershausen.
Komm her einmal (Titel: Kind und Buch), S. 165. Aus: Fünfzig Fabeln für Kinder von Wilhelm Hey. Mit Bildern von Otto Speckter. Insel Verlag 1954 (5. Aufl.) (Insel-Bücherei Nr. 309).

Ödön von Horváth · 1901 in Fiume an der Adria geboren, gestorben 1938 in Paris.
Legende vom Fußballplatz, S. 14. Aus: Gesammelte Werke. Band IV. Fragmente und Varianten. Exposés. Theoretisches, Briefe, Verse. Herausgegeben von Traugott Krischke und Dieter Hildebrandt. Gesammelte Werke. © Suhrkamp Verlag Frankfurt am Main 1970.

Richard Arthur Warren Hughes · 1900 in Weybridge/Surrey geboren, gestorben 1976 in Merioneth/Wales.
Der Weihnachtsbaum, S. 114. Aus: Das Walfischheim. Märchen von Richard Hughes. Übertragung von Käthe Rosenberg. Suhrkamp Verlag Berlin und Frankfurt a.M. 1953 (Band XIV der Bibliothek Suhrkamp).

Konfuzius · 551 v. Chr. geboren, gestorben 479 v. Chr.

Etwas lernen, S. 238. Aus: Die Weisheit des Konfuzius. Aus dem chinesischen Urtext übertragen und eingeleitet von Hans O. H. Stange. © Insel Verlag Frankfurt am Main 1964 (Insel-Bücherei Nr. 830).

Selma Lagerlöf · 1858 auf Gut Marbacka geboren, dort gestorben 1940.
Die Flucht nach Ägypten, S. 26. Aus: Die schönsten Legenden. In der Übersetzung von Marie Franzos. Nymphenburger Verlagshandlung 1975.

Edward Lear · 1812 in London geboren, gestorben 1888 in San Remo.
Ein älterer Herr, S. 56. Aus: Edward Lear's Nonsense Verse. Mit 55 Zeichnungen des Autors. Aus dem Englischen übertragen von H. C. Artmann. © Insel Verlag Frankfurt am Main 1964 (Insel-Bücherei Nr. 813).

Leonardo da Vinci · 1452 in Vinci bei Empoli geboren, gestorben 1519 auf Schloß Cloux bei Amboise.
Das Papier und die Tinte, S. 166. Aus: Die Fabeln des Leonardo da Vinci. Herausgegeben von Bruno Nardini und Rudolf Hagelstange. Arena-Verlag Würzburg 1973. Abdruck mit freundlicher Genehmigung der Erbengemeinschaft Rudolf Hagelstange.

Gotthold Ephraim Lessing · 1729 in Kamenz geboren, gestorben 1781 in Braunschweig.
Eine Nachtigall fand (Titel: Die Nachtigall und der Pfau), S. 239. Nach: Das große Fabelbuch. Neubearbeitung von Käthe Recheis. Verlag Carl Ueberreuter, Wien – Heidelberg 1965.

Augusto Monterroso · 1921 in Guatemala geboren, lebt in Mexico-City.
Monolog des Bösen, S. 228. Aus: Das gesamte Werk und andere Fabeln. Herausgegeben von Peter SchultzeKraft. 1973 by Diogenes Verlag AG Zürich (detebe Nr. 51). Abdruck mit freundlieber Genehmigung von Peter Schultze-Kraft.

Christian Morgenstern · 1871 in München geboren, gestorben 1914 in Meran.
In einem leeren Haselstrauch (Titel: Die drei Spatzen), S. 81; Wenn es Winter wird, S. 95; Die Enten laufen Schlittschuh, S. 91; Schlaf, Kindlein, schlaf! (Titel: Schlummerliedchen), S. 249. Aus: Klein Irmchen. Ein Kinderliederbuch von Christian Morgenstern und Josua L.Gampp. Insel Verlag o. J.

Robert Musil · 1880 in Klagenfurt geboren, gestorben 1942 in Genf.
Kindergeschichte, S. 50. Aus: Gesammelte Werke. Copyright © 1978 by Rowohlt Taschenbuch Verlag GmbH, Reinbek.

Frank O'Connor · 1903 in Cork/Süd-Irland geboren, gestorben 1966 in Dublin.
Der Weihnachtsmorgen, S. 153. Aus: Die Gabe der Weisen. Kösel-Verlag München 1955. Aus dem Englischen von Elisabeth Schnack.

Sulchan-Saba Orbeliani · 1685 in Tandzia geboren, gestorben 1725 in Vsechsvjatskoe bei Moskau.
Der König und der Übelredner, S. 225. Aus: Die Weisheit der Lüge. Georgische Fabeln, Märchen und Gleichnisse. Mit einem Nachwort von Elke Erb. Aus dem Georgischen von Heinz Fähnrich. Insel Verlag Frankfurt am Main 1974 (insel ta-

schenbuch 81). Lizenzausgabe mit Genehmigung des Verlages Rütten & Loening, Berlin.

Dušan Radović · 1922 in Niš geboren.
Es war einmal ein kleines Mädchen (Titel: Die Geschichte von den kleinen Mädchen), S. 67. Aus dem Serbischen von Peter Urban.

Ludwig Richter · 1803 in Dresden geboren, dort gestorben 1884.
Ach, Mutter, schau, S. 73. Aus: Der Familienschatz. Mit fünfzig Holzschnitten nach Zeichnungen von Ludwig Richter. Insel Verlag Frankfurt am Main 1974 (insel taschenbuch 34).

Joachim Ringelnatz · 1883 in Wurzen bei Leipzig geboren, gestorben 1934 in Berlin.
Ich friere (Titel: Gnädige Frau, bitte trösten Sie mich), S. 34. Aus: Und auf einmal steht es neben dir. Karl H. Henssel Verlag Berlin 1974.
Bist du schon auf der Sonne gewesen?, S. 86. Aus: Kinderverwirrbuch. Karl H. Henssel Verlag Berlin 1971.

Paul Schaaf · 1887 in Leichlingen geboren, gestorben 1967 in Gengenbach.
Babuschka und die drei Könige, S. 110. Eine russische Weihnachtslegende. Erzählt von Paul Schaaf. Zugrunde liegt die amerikanische Übersetzung von Ruth Robbins. © Gertraud Middelhauve Verlag, Köln 1962.

Beatrice Schenk de Regniers · 1914 in Lafayette/Indiana geboren.
Pasteten im Schnee (Auszug), S. 99. Aus: Pasteten im Schnee. Mit Illustrationen von Reiner Zimnik. Copyright © 1974 by Diogenes Verlag AG Zürich (Diogenes Kinder Klassiker).

Wolfdietrich Schnurre · 1920 in Frankfurt/Main geboren, gestorben 1989.
Die Leihgabe, S. 132. Aus: Als Vaters Bart noch rot war. Ein Roman in Geschichten. Neuausgabe. © 1996 Berlin Verlag, Berlin. Die Originalausgabe erschien 1958 im Arche Verlag, Zürich.

Heinrich Seidel · 1842 in Perlin/Mecklenburg geboren, gestorben 1906 in Groß-Lichterfelde bei Berlin.
Ich wünsche mir ein Schaukelpferd (Titel: Der kleine Nimmersatt), S. 143.

Muriel Spark · 1918 in Edinburgh geboren, lebt in Rom.
Die sehr gute Uhr (Auszug), S. 76. Aus: Die sehr gute Uhr. Eine Geschichte von Muriel Spark. Aus dem Englischen von Gerd Haffmans. Zeichnungen von Edward Gorey. Copyright © 1971 by Diogenes Verlag AG Zürich (27. Werk im ›Club der Bibliomanen‹).

Ludwig Thoma · 1867 in Oberammergau geboren, gestorben 1921 in Rottach/Tegernsee.
Die Engel, die haben gesungen (Titel: Heilige Nacht. Auszug), S. 150. Aus: Werke. R. Piper & Co. Verlag München 1968.

Felix Timmermans · 1886 in Lier/Flandern geboren, dort gestorben 1947.
Das Fest, S. 229. Aus: Der Heilige der kleinen Dinge und andere Erzählungen.

Aus dem Flämischen von Peter Mertens. © dieser Ausgabe beim Insel Verlag Frankfurt am Main 1974. Originaltitel dieser Erzählung: Das Häslein siegt.

Leo Nikolajewitsch Tolstoj · 1828 auf Gut Jasnaja-Poljana/Tula geboren, gestorben 1910 in Astapowo.
Die drei Bären, S. 69. Aus: Tolstojs letzte Jahre. Achtunddreißig Fotografien. Texte ausgewählt und übersetzt von Gisela Drohla. © Insel Verlag Frankfurt am Main 1972.

Mark Twain · 1835 in Florida geboren, 1910 in Redding/Connecticut gestorben.
Die Geschichte vom bösen Knaben, S. 212; Die Geschichte vom guten Knaben, S. 217. Aus: Gesammelte Werke in fünf Bänden. Herausgegeben von Klaus-Jürgen Popp. Band I. Deutsch von Günther Klotz. Carl Hanser Verlag München/Wien 1985. Abdruck mit freundlicher Genehmigung des Aufbau-Verlags Berlin.

Robert Walser · 1878 in Biel/Schweiz geboren, gestorben 1956 in Herisau.
Das Ende der Welt, S. 10; Schneien, S. 35; Ich habe nichts, S. 47; Gar nichts, S. 58; Der Flinke und der Faule, S. 62; Fräulein Knuchel, S. 64; Einer, der nichts merkte (Titel: Lampe, Papier und Handschuhe), S. 84. Aus: Sämtliche Werke in Einzelausgaben. Herausgegeben von Jochen Greven. Fünfter Band. Der Spaziergang. Prosastücke und Kleine Prosa. Mit Genehmigung der Inhaberin der Rechte, der Carl Seelig-Stiftung Zürich. © dieser Ausgabe Suhrkamp Verlag Zürich 1978 und 1985. 1985 (suhrkamp taschenbuch 1105).

Oscar Wilde · 1856 in Dublin geboren, gestorben 1900 in Paris.
Der eigensüchtige Riese, S. 19. Aus: Die Erzählungen und Märchen. Mit Illustrationen von Heinrich Vogeler. Aus dem Englischen übersetzt von Felix Paul Greve und Franz Blei. Copyright der deutschen Übersetzung Insel Verlag Leipzig 1910. Insel Verlag Frankfurt am Main 1972 (insel taschenbuch 5).

Unbekannte Verfasser
Fünf Engele haben gsungen, S. 13; Schlafe, Kindlein, schlafe wohl, S. 25; Fängt es im Winter zu schneien an, S. 34; Tross tross trill, S. 38; D Engele hans Bett gemacht, S. 43; Ich schenk dir was!, S. 46; Wo bist du den Winter gewesen, mein Sohn?, S. 57; Es war einmal ein kleiner Mann, S. 61; Morgen wolln wir Schlitten fahren, S. 66; Ich erzähl dir ein Märchen, S. 66; Mich dünkt, wir geben einen Ball, S. 96; Vögel die nicht singen, S. 98; Schlaf, Kindlein, feste!, S. 108; Ich wünsch gute Nacht, S. 117; Hör, mein Kindele, S. 145; Eio popeio, das ist eine Not, S. 151; Komm, wir wolln in Garten gehn, S. 211; Es rengelet, es schneielet, S. 224; Möcht wohl wissen, S. 237; Es sitzt ein Engelein an der Wand, S.237; Da kommen die drei König mit ihrem Stern, S. 241; Sternsingen, S. 252. Aus: Allerleirauh. Viele schöne Kinderreime versammelt von Hans Magnus Enzensberger. © Suhrkamp Verlag Frankfurt am Main 1961.

Ein Kind sagte zu seiner Mutter (Aus dem Persischen), S. 73. Aus: Cyrus Atabay, Die Worte der Ameisen. Persische Mystik in Versen und Prosa. Claassen Verlag Hamburg und Düsseldorf 1971 (Aufzeichnungen und Geschichten sufischer Meister II). Abdruck mit freundlicher Genehmigung von Cyrus Atabay.

Und wenn mein Kindchen, S. 131; Es kam ein Herr zum Schlößli, S. 227. Die zwei Hirten in der Christnacht, S. 242; Ein Wahrheitslied, S. 250. Aus: Des Knaben Wunderhorn. Sammlung alter Volkslieder. Von Achim von Arnim und Clemens Brentano. Insel Verlag 1956 (Insel-Bücherei Nr. 60).

Zwei Kinder, S. 109. Nach: Der Wahre Jacob. Lyrik und Prosa 1884-1905. Rütten & Loening Berlin 1959.

Gar fern am stillen Waldessaum (Titel: Das Schicksal eines Christbaumes), S. 116. Aus: Münchener Bilderbogen Nr. 417. Herausgegeben und verlegt von Braun & Schneider in München.

Armer, kleiner Jäck, S. 117. Aus: Mutter Gans oder Die alten Ammenreime. Mit Bildern von Kate Greenaway. Ins Deutsche gebracht von Elisabeth Borchers. Copyright dieser Ausgabe Insel Verlag Frankfurt am Main 1973 (insel taschenbuch 28).

Komm wir wolln in Garten gehn (Titel: Du sollst Vater und Mutter lieben), S. 211. Aus: Der Garten der Lieder. Ein Buch für Kinder und andere. Darin elf alte deutsche Volkslieder, ausgewählt und illustriert von Anita Albus. Textredaktion und musikalische Bearbeitung von Friedrich Kur. Insel Verlag Frankfurt am Main 1975.

Inhalt

Weihnachtsbücher
im insel taschenbuch

Alle Jahre wieder. Ein Weihnachtsbuch mit Geschichten, Liedern und Bildern. Ausgewählt von Gottfried Natalis. it 1362

Elisabeth Borchers: Das Adventbuch. Mit Geschichten und Versen von Elisabeth Borchers und alten Bildern. it 449

Charles Dickens: Weihnachtserzählungen. Mit Illustrationen von Leech, Stanfiels, Stone u. a. it 358

Fröhlicher Advent. Ein buntes Hausbuch für die schönsten Tage des Jahres. Herausgegeben von Franz-Heinrich Hackel. Großdruck. it 2356

Geschichten vom Nikolaus. Gesammelt von Felix Karlinger. it 1769

Nikolai Wassiljewitsch Gogol: Die Nacht vor Weihnachten. Mit Illustrationen von Monika Wurmdobler. it 584

E. T. A. Hoffmann: Die Abenteuer der Silvester-Nacht. Mit farbigen Illustrationen von Monika Wurmdobler. it 798

– Nußknacker und Mausekönig. Mit farbigen Illustrationen von Monika Wurmdobler. it 879

Nikolai Leskow: Weihnachtsgeschichten. Herausgegeben von Angela Martini-Wonde. it 1128

Märchen zur Weihnacht. Ein Hausbuch für groß und klein. Herausgegeben von Franz-Heinrich Hackel. it 1649

Adalbert Stifter: Der heilige Abend. Mit farbigen Illustrationen von Monika Wurmdobler. it 699

Theodor Storm: Unter dem Tannenbaum. Mit Illustrationen der Erstausgabe von Otto Speckter und Ludwig Pietsch. Herausgegeben von Gottfried Honnefelder. it 1042

Felix Timmermans: Das Jesuskind in Flandern. Aus dem Flämischen von Anton Kippenberg mit Zeichnungen des Dichters. it 937

– St. Nikolaus in Not. Aus dem Flämischen von Anna Valeton-Hoos. Mit farbigen Bildern von Else Wenz-Viëtor. it 2023

Weihnachten, wie es war. Alte Erzählungen und Bilder. Ausgewählt von Gottfried Natalis. Mit 16 vierfarbigen Abbildungen. Großdruck. it 2352

Weihnachten. Erzählungen aus alter und neuer Zeit. Ausgewählt von Gottfried Natalis. Mit zahlreichen Abbildungen und Initialen. it 946

Das Weihnachtsbuch. Mit alten und neuen Geschichten, Gedichten und Liedern. Ausgewählt von Elisabeth Borchers. it 46

Das Weihnachtsbuch der Lieder. Mit alten und neuen Liedern zum Singen und Spielen. Ausgewählt von Gottfried Natalis. Mit einem Nachwort von Ernst Klusen. it 157

164/1/12.96

Weihnachtsbücher
im insel taschenbuch

Weihnachtserzählungen des 20. Jahrhunderts. Ausgewählt von Gottfried Natalis. it 1648

Das Winterbuch. Gedichte und Prosa. Herausgegeben von Hans Bender und Hans Georg Schwark. it 728

164/2/12.96

Anthologien im insel taschenbuch

Alle Jahre wieder. Ein Weihnachtsbuch mit Geschichten, Liedern und Bildern. Ausgewählt von Gottfried Natalis. it 1362

Allerleirauh. Viele schöne Kinderreime versammelt von Hans Magnus Enzensberger. it 115

Alt-Prager Geschichten. Gesammelt von Peter Demetz. Mit Illustrationen von Hugo Steiner-Prag. it 613

Alt-Wiener Geschichten. Gesammelt von Joseph Peter Strelka. Mit sechs farbigen Abbildungen. it 784

Bäume. Das Insel-Buch der Bäume. Gedichte und Prosa. Ausgewählt und herausgegeben von Gottfried Honnefelder. Mit sechzehn Farbtafeln. it 1041 und it 1811

Briefe berühmter Frauen. Von Liselotte von der Pfalz bis Rosa Luxemburg. Herausgegeben von Claudia Schmölders. it 1505

Das Buch der Liebe. Gedichte und Lieder, ausgewählt von Elisabeth Borchers. it 82

Einsamkeiten. Ein Lesebuch. Herausgegeben von Ilma Rakusa. it 1691

Das Frühlingsbuch. Gedichte und Prosa. Herausgegeben von Hans Bender und Nikolaus Wolters. it 914

Gedichte berühmter Frauen. Von Hildegard von Bingen bis Ingeborg Bachmann. Herausgegeben von Elisabeth Borchers. it 1790

Geschichten aus dem alten Prag. Sippurim. Herausgegeben, mit Anmerkungen und mit einem Nachwort versehen von Peter Demetz. it 1519

Glück. Erkundigungen, eingeholt von Gottfried Honnefelder. it 1459

Bei Goethe zu Gast. Besuche in Weimar. Herausgegeben von Werner Völker. Mit zahlreichen Abbildungen. it 1725

Heidelberg im Gedicht. Die zwölf schönsten Heidelberg-Gedichte mit Interpretationen. Im Auftrag der Literarischen Gesellschaft Palais Boisserée herausgegeben von Helmuth Kiesel. it 1939

Das Herbstbuch. Gedichte und Prosa. Herausgegeben von Hans Bender. it 657

Das kalte Herz. Und andere Texte der Romantik. Mit einem Essay von Manfred Frank. it 330

Die Kunst der Verführung. Variationen von Ovid bis Marguerite Duras. Herausgegeben von Birgit Haustedt. Mit zahlreichen Abbildungen. it 1837

Kurz vor Mitternacht. Sechs Variationen über ein Thema von Machado de Assis. Herausgegeben von Ray-Güde Martin. it 1654

Liebe Mutter. Eine Sammlung von Elisabeth Borchers. it 230

163/1/12.96

Anthologien
im insel taschenbuch

»Matrosen sind der Liebe Schwingen«. Homosexuelle Poesie von der Antike bis zur Gegenwart. Herausgegeben von Joachim Campe. it 1599

Mit Pinsel und Palette. Geschichten und Gedichte von Malern. Herausgegeben von Joachim Rönneper. Mit einem Nachwort von Manfred Schneckenburger. it 1847

Mütter berühmter Männer. Zwölf biographische Porträts. Herausgegeben von Luise F. Pusch. it 1356

Friedrich Nietzsche: ›Wie man wird, was man ist.‹ Ermutigungen zum kritischen Denken. Herausgegeben von Ursula Michels-Wenz. it 1096

Pantoffelhelden und Stiefelknechte. Über poetisches Schuhwerk. Herausgegeben von Franz Josef Görtz. Mit zahlreichen Abbildungen. it 1699

Das Poesiealbum. Verse zum Auf- und Abschreiben. Mit Bildern und Vignetten. Ausgewählt und zusammengestellt von Elisabeth Borchers. it 414

Die schönsten Hundegeschichten. Ausgewählt von Gottfried Honnefelder. it 1787

Die schönsten Liebesgedichte. Herausgegeben von Sigrid Damm. it 1872

Die schönsten Pferdegeschichten. Ausgewählt von Katja Behrens. it 1734

Schwestern berühmter Männer. Zwölf biographische Porträts. Herausgegeben von Luise F. Pusch. Redaktionelle Mitarbeit: Jutta Wasels. it 796

Der sehr nützliche Geburtstagskalender. Mit ausgewählten Gedichten und farbigen Bildern. Zusammengestellt von Elisabeth Borchers. it 1618

Ein Sommer wie im Märchen. Geschichten für den Reisekoffer gepackt von Franz-Heinrich Hackel. it 1728

Das Sommerbuch. Gedichte und Prosa. Herausgegeben von Hans Bender. it 847

Über die Freundschaft. Herausgegeben von Hans-Ulrich Müller-Schwefe. it 1783

Über die Liebe. Gedichte und Interpretationen aus der ›Frankfurter Anthologie‹. Herausgegeben von Marcel Reich-Ranicki. it 794

Und was kommt danach? Orte der Seele. Eine Sammlung literarischer Zeugnisse. Herausgegeben von Hans-Joachim Simm. it 1877

163/2/12.96